大家小书

朱自清 著

论雅俗共赏

北京出版集团公司
北京出版社

图书在版编目（CIP）数据

论雅俗共赏 / 朱自清著 . — 北京：北京出版社，
2016. 7
（大家小书）
ISBN 978-7-200-12168-1

Ⅰ . ①论… Ⅱ . ①朱… Ⅲ . ①文学评论—文集 Ⅳ .
①I06－53

中国版本图书馆CIP数据核字（2016）第112504号

总策划：安 东 高立志 责任编辑：楼 霏 高立志

· 大家小书 ·

论雅俗共赏
LUN YASU GONGSHANG
朱自清 著
＊
北 京 出 版 集 团 公 司
北 京 出 版 社 出版
（北京北三环中路6号 邮政编码：100120）
网 址：w w w . b p h . c o m . c n
北 京 出 版 集 团 公 司 总 发 行
新 华 书 店 经 销
北 京 华 联 印 刷 有 限 公 司 印 刷
＊
880毫米×1230毫米 32开本 5.125印张 85千字
2016年7月第1版 2016年7月第1次印刷
ISBN 978-7-200-12168-1
定价：30.00元
质量监督电话：010－58572393

序　言

袁行霈

　　"大家小书"，是一个很俏皮的名称。此所谓"大家"，包括两方面的含义：一、书的作者是大家；二、书是写给大家看的，是大家的读物。所谓"小书"者，只是就其篇幅而言，篇幅显得小一些罢了。若论学术性则不但不轻，有些倒是相当重。其实，篇幅大小也是相对的，一部书十万字，在今天的印刷条件下，似乎算小书，若在老子、孔子的时代，又何尝就小呢？

　　编辑这套丛书，有一个用意就是节省读者的时间，让读者在较短的时间内获得较多的知识。在信息爆炸的时代，人们要学的东西太多了。补习，遂成为经常的需要。如果不善于补习，东抓一把，西抓一把，今天补这，明天补那，效果未必很好。如果把读书当成吃补药，还会失去读书时应有的那份从容和快乐。这套丛书每本的篇幅都小，读者即使细细地阅读慢慢地体味，也花不了多少时间，可以充分享受读书的乐趣。如果把它们当成补药来吃也行，剂量小，吃起来方便，消化起来也容易。

我们还有一个用意，就是想做一点文化积累的工作。把那些经过时间考验的、读者认同的著作，搜集到一起印刷出版，使之不至于泯没。有些书曾经畅销一时，但现在已经不容易得到；有些书当时或许没有引起很多人注意，但时间证明它们价值不菲。这两类书都需要挖掘出来，让它们重现光芒。科技类的图书偏重实用，一过时就不会有太多读者了，除了研究科技史的人还要用到之外。人文科学则不然，有许多书是常读常新的。然而，这套丛书也不都是旧书的重版，我们也想请一些著名的学者新写一些学术性和普及性兼备的小书，以满足读者日益增长的需求。

"大家小书"的开本不大，读者可以揣进衣兜里，随时随地掏出来读上几页。在路边等人的时候，在排队买戏票的时候，在车上、在公园里，都可以读。这样的读者多了，会为社会增添一些文化的色彩和学习的气氛，岂不是一件好事吗？

"大家小书"出版在即，出版社同志命我撰序说明原委。既然这套丛书标示书之小，序言当然也应以短小为宜。该说的都说了，就此搁笔吧。

前　　言

吴小如

一

　　1946年西南联大复员，我以商科二年级肄业的学历报考清华大学中文系三年级插班生，侥幸被录取。当时朱佩弦先生（自清）是清华中文系主任，因此我有幸成为佩弦先生的学生。入学之前，已由俞平伯先生为我写了介绍信，从而得以拜识佩弦师和竹隐师母。及报到注册，先生对我关怀备至，亲切指导我选课及办理住宿手续。我在清华只读了一年，虽旁听过佩弦师讲授的"中国文学史"，却没有选过先生的课，不能算先生正式的学生。尽管先生曾嘱我可随时到他府上闲谈，而我知道先生太忙，总不好意思登门打扰。但每次路遇，先生都要停下来询问我的近况，关心我的生活和学习。在我心目中，先生确是我由衷敬爱的一位慈祥的师长。1947年暑假，由于沈从文先生想帮我解决生活困难的问题，希望我转学到北大来，于是我离开了清华。据闻佩弦师听到我转学，曾对人说，中文系招来好学生，竟然留不住，还是转到北大去了，实在可惜！1947年年底，从文师想在当时报纸上再开辟一个文学副刊，并决定由我直接负责。为此我写信给佩弦师，准备面谒先生求他赐稿。很快便接到先生回信，嘱我不必出城，说他正在写一篇文章，写好就寄给我。现在这本集子里有一篇题为《诗与话》的文章，就是发表在我当时负责编辑的文学副刊上的。1948年元旦副刊创刊，先生还特意写信给我，说第1期编得不错，很有内容，鼓励我好好编下去。足见先生对我的厚爱和支持。可惜先生这些亲笔信札都在十年浩劫中丢失了。这年的8月，先生因胃疾住院手术，不想术后全面心力衰竭，竟与世长辞。从此再没有受到佩弦师亲炙的机会了。记得在我编的副刊上，还发了一个悼念先生的专版，表示自己的一点心意。后来我又竭数十日之力，写成一篇纪念佩弦师的学术文字，发表在当时一家报纸副刊上。这就是我追随佩弦师的全部经过。

二

《论雅俗共赏》最早是由观察杂志社于1948年上半年出

版的，应该是佩弦师生前的最后一本书。书中共收文章十四篇，有三分之一是谈诗歌的，主要是谈朗诵诗。先生早年创作新诗，晚年多写旧体诗，是宋诗一派。但先生一直关注新诗的发展前景，故晚年常写有关这方面的研究文章。先生对新诗创作者有个基本观点，即诗歌语言固然应当通俗易懂，明白如话；但更主要的是新诗必须有节奏。盖中国传统诗歌与音乐有密切关系，而"节奏"是从音乐来的；尽管新诗已脱离了音乐，却不能没有节奏。既称为诗，总要读来能朗朗上口，因此节奏是不能缺少的。这本书中谈诗歌的文章大抵从不同角度来阐释并论证这个观点。

这本书中的力作自当推《论雅俗共赏》和《论逼真与如画》这两篇具有创见的学术文章。20世纪80年代，我曾运用先生后一篇论文的观点诠释过唐人贺知章的七绝《咏柳》，此不赘述。这里我想着重谈谈《论雅俗共赏》。

佩弦师撰写论文，经常结合中国文学史的发展脉络来谈问题，此文自不例外。这篇论文的观点是有倾向性的，即以古今的名著名篇为例，要求今后的作者能照顾到广大的读者层面。也就是说，文学作品不能只供文化程度高的读者阅读，而应该争取多数人（亦即一般文化水平的人）都能欣赏，这样的作品才能传之永久。这就是我对先生论"雅俗共赏"的粗浅理解。其实我以为，雅与俗并非彼此不能相容的矛盾对立面，其间更没有不可逾越的鸿沟。在先秦文学中，《诗》三百篇应该是最古老也最典雅的作品了，但其中"国风"和"小雅"两大类，有不少作品最初也应该是比较通俗的，且曾在民间广为流传。后来经过上层文化人进行加工，才成为文学史上经典之作。《楚辞》中的《九歌》，也应该是这样。其后的汉魏乐府、五七言诗以及词、曲、谣讴，散体文中的话本、平话，其发展过程亦大抵如是，不妨说都是由俗变雅，或先俗后雅的。清代中叶，我们的传统戏曲有"雅部"与"花部"之分。即如至今犹能见于各个剧种的舞台上的《思凡》、《借靴》之类，当时皆属"花部"即俗曲，而今天则已成为高品位的高雅古典艺术了。我们的国歌《义勇军进行曲》，在我读初中时几乎每天都唱，确是一首通俗的爱国流行歌曲，流传至今，它已成为一首高雅严肃的经典歌曲了。清末谴责小说，如《官场现形记》、《二十年目睹之怪现状》、《老残游记》、《孽海花》等，在当时不过是流行一时供人消遣的"闲书"，现在则不仅列于鲁迅的《中国小说史略》，而且还成为近代文学史中必须予以评价的古典名著。可见"雅"与"俗"只是相对而言，不宜划分得太刻板、太教条、太绝对。

如果从读者这方面说，则从俗到雅，实即"在普及的基础上提高"，主要还是希望广大群众的文化素质和艺术鉴赏能力从低处向高品位、高水平发展，而不是把品位和档次高的文学艺术作品硬拉下来迁就低素质、低水平的读者和观众。当前有一种风气，即强调属于古典范畴的文艺作品非经过人为的改动不可，即使是已被公认为经典之作，如小说中的《西游记》、《红楼梦》或戏曲中的《牡丹亭》、《桃花扇》，也要对它们妄施斧斤。理由是不"改"的话就不算"与时俱进"，并认为群众也看不懂。我则认为，这是不科学的，因此也是行不通的。但有些权势在手的人却一味专断逞臆，任意妄改。试问，马克思的《资本论》，屈原的《离骚》和《天问》，以及"五四"以来经典之作，如鲁迅的《野草》，不下苦工夫是读不懂的。可是谁敢擅改《资本论》，并对《天问》或《野草》乱删乱改呢？成功的作家和艺术家是有责任提高读者和观众的鉴赏能力及艺术水平的；相反，人们却不应要求作家和艺术家随意迁就读者和观众的低水平，从而降低作品的质量或擅改传世已久的经典之作。如果拿"雅俗共赏"做挡箭牌，而一味迎合时尚的低级趣味，最终是会葬送我们一切文学艺术创作的前途的。

　　一部成功的文学艺术作品能产生"雅俗共赏"的效果，乃是品位很高的美学境界，是一般人很难做到的，绝对不可能是一蹴而就的。不能由于作者的水平低或演员的艺术表现力不足，写不出或演不出达到一定水平的作品和剧目，便以"雅俗共赏"为借口而替自己文过饰非。要知道，大量的文化垃圾是永远不能够由"俗"变"雅"的，更不要说这些垃圾可以传之久远，永垂不朽。在当前这种社会浮躁风气下，在文化滑坡日益严峻的形势下，请读者耐心读一读朱自清先生这本《论雅俗共赏》旧著，窃以为是大有好处的。

公元 2005 年元旦后五日写于北京

目　录

序

本书共收关于文艺的论文十四篇，除三篇外都是去年下半年作的。其中《美国的朗诵诗》和《常识的诗》作于三十四年。前者介绍达文鲍特的《我的国家》一篇长诗，那时我在昆明，还见不到原书，只根据几种刊物拼凑起来，翻译点儿，发挥点儿。后来杨周翰先生译出全书，由美国新闻处印行。杨先生送了我一本，译文很明白。——书名我原来译作《我的国》，《我的国家》是用的杨先生的译名。离开昆明的时候，我将那本书和别的许多书一齐卖掉了，现在想来怪可惜的。诗里强调故威尔基先生的"四海一家"那个意念。看看近年来美国的所作所为，真的禁不住"感慨系之"！

《论逼真与如画》，二十三年写过这个题目，发表在《文学》的《中国文学研究专号》里。那篇不满二千字的短文，是应了郑西谛兄的约一晚上赶着写成的，材料都根据《佩文韵府》，来不及检查原书。文中也明说了"抄《佩文韵府》"。记得西谛兄还笑着向我说："何必说'抄《佩文韵府》'呢？只举出原书的名目也可以的。"这回重读那篇小文，仔细思考，觉得有些不同的意见；又将《佩文韵府》引的材料与原书核对，竟发现有一条是错的，有一条是靠不住的。因此动手重写，写成后比旧作长了一倍有余。又给加了一个副题目《关于传统的对于自然和艺术的态度的一个考察》，希望这个啰里啰嗦的副题目能够表示这两个批评用语的重要性，以及自己企图从现代的立场上来了解传统的努力。

所谓现代的立场，按我的了解，可以说就是"雅俗共赏"的立场，也可以说是偏重俗人或常人的立场，也可以说是近于人民的立场。书中各篇论文都在朝着这个方向说话。《论雅俗共赏》放在第一篇，并且用作书名，用意也在此。各篇论文的排列，按性质的异同，不按写作的先后；最近的写作是《论老实话》。《鲁迅先生的杂感》一篇，是给《燕京新闻》作的鲁迅先生逝世十一周年纪念论文，太简单了，本来打算不收入本书的，一位朋友却说鲁迅先生好比大海，大海是不拒绝细流的，他劝我留着；我就敝帚自珍的留着了。

本书各篇都曾分别发表在各刊物上。现在将各刊物的名称记在文章的末尾，聊以表示谢意。

朱自清，三十七年二月，北平清华园

论雅俗共赏

陶渊明有"奇文共欣赏，疑义相与析"的诗句，那是一些"素心人"的乐事，"素心人"当然是雅人，也就是士大夫。这两句诗后来凝结成"赏奇析疑"一个成语，"赏奇析疑"是一种雅事，俗人的小市民和农家子弟是没有份儿的。然而又出现了"雅俗共赏"这一个成语，"共赏"显然是"共欣赏"的简化，可是这是雅人和俗人或俗人跟雅人一同在欣赏，那欣赏的大概不会还是"奇文"罢。这句成语不知道起于什么时代，从语气看来，似乎雅人多少得理会到甚至迁就着俗人的样子，这大概是在宋朝或者更后罢。

原来唐朝的安史之乱可以说是我们社会变迁的一条分水岭。在这之后，门第迅速地垮了台，社会的等级不像先前那样固定了，"士"和"民"这两个等级的分界不像先前的严格和清楚了，彼此的分子在流通着，上下着。而上去的比下来的多，士人流落民间的究竟少，老百姓加入士流的却渐渐多起来。王侯将相早就没有种了，读书人到了这时候也没有种了；只要家里能够勉强供给一些，自己有些天分，又肯用功，就是个"读书种子"；去参加那些公开的考试，考中了就有官做，至少也落个绅士。这种进展经过唐末跟五代的长期的变乱加了速度，到宋朝又加上印刷术的发达，学校多起来了，士人也多起来了，士人的地位加强，责任也加重了。这些士人多数是来自民间的新的分子，他们多少保留着民间的生活方式和生活态度。他们一面学习和享受那些雅的，一面却还不能摆脱或蜕变那些俗的。人既然很多，大家是这样，也就不觉其寒碜；不但不觉其寒碜，还要重新估定价值，至少也得调整那旧来的标准与尺度。"雅俗共赏"似乎就是新提出的尺度或标准，这里并非打倒旧标准，只是要求那些雅士理会到或迁就些俗士的趣味，好让大家打成一片。当然，所谓"提出"和"要求"，都只是不自觉的看来是自然而然的趋势。

中唐的时期，比安史之乱还早些，禅宗的和尚就开始用口语记录大师的说教。用口语为的是求真与化俗，化俗就是争取群众。安史乱后，和尚的口语记录更其流行，于是乎有了"语录"这个名称，"语录"就成为一种著述体了。到了宋朝，道学家讲学，更广泛地留下了许多语录；他们用语录，也还是为了求真与化俗，还是为了争取群众。所谓求真的"真"，一面是如实和直接的意思。禅家认为第一义是不可说的，语言文字都不能表达那无限的可能，所以是虚妄的。然而实际上语言文字究竟是不免要用的一种"方便"，记录的文字自然越近实际的、直接的说话越好。在另一面这"真"又是自然的意思，自然才亲切，才让人容易懂，也就是更能收到化俗的功效，更能获得广大的群众。道学主要的是中国的正统的思想，道学家用了语录做工具，大大地增强了这种新的文体的地位，语录就成为一种传统了。比语录体稍稍晚些，还出现了一种宋朝叫做"笔记"的东西。这种作品记述有趣味的杂事，范围很宽，一方面发表作者自己的意见，所谓议论，也就是批评，这些批评往往也很有趣味。作者写这种书，只当做对客闲谈，并非一本正经，虽然以文言为主，可是很接近说话。这也是给大家看的，看了可以当做"谈助"，增加趣味。宋朝的笔记最发达，当时盛行、流传下来的也很多。目录家将这种笔记归在"小说"项下，近代书店汇印这些笔记，更直题为"笔记小说"；中国古代所谓"小说"，原是指记述杂事的趣味作品而言的。

那里我们得特别提到唐朝的"传奇"。"传奇"据说可以见出作者的"史才、诗笔、议论"，是唐朝士子在投考进士

　　　　　　　　　　　　　　论雅俗共赏

以前用来送给一些大人先生看，介绍自己，求他们给自己宣传的。其中不外乎灵怪、艳情、剑侠三类故事，显然是以供给"谈助"，引起趣味为主。无论照传统的意念，或现代的意念，这些"传奇"无疑的是小说，一方面也和笔记的写作态度有相类之处。照陈寅恪先生的意见，这种"传奇"大概起于民间，文士是仿作，文字里多口语化的地方。陈先生并且说唐朝的古文运动就是从这儿开始。他指出古文运动的领导者韩愈的《毛颖传》，正是仿"传奇"而作。我们看韩愈的"气盛言宜"的理论和他的参差错落的文句，也正是多多少少在口语化。他的门下的"好难"、"好易"两派，似乎原来也都是在试验如何口语化。可是"好难"的一派过分强调了自己，过分想出奇制胜，不管一般人能够了解欣赏与否，终于被人看做"诡"和"怪"而失败，于是宋朝的欧阳修继承了"好易"的一派的努力而奠定了古文的基础。——以上说的种种，都是安史乱后几百年间自然的趋势，就是那雅俗共赏的趋势。

宋朝不但古文走上了"雅俗共赏"的路，诗也走向这条路。胡适之先生说宋诗的好处就在"作诗如说话"，一语破的指出了这条路。自然，这条路上还有许多曲折，但是就像不好懂的黄山谷，他也提出了"以俗为雅"的主张，并且点化了许多俗语成为诗句。实践上"以俗为雅"，并不从他开始，梅圣俞、苏东坡都是好手，而苏东坡更胜。据记载梅和苏都说过"以俗为雅"这句话，可是不大靠得住；黄山谷却在《再次杨明叔韵》一诗的"引"里郑重地提出"以俗为雅，以故为新"，说是"举一纲而张万目"。他将"以俗为雅"放在第一，因为这实在可以说是宋诗的一般作风，也正是"雅俗共赏"的路。但是加上"以故为新"，路就曲折起来，那是雅人自赏，黄山谷所以终于不好懂了。不过黄山谷虽然不好懂，宋诗却终于回到了"作诗如说话"的路，这"如说话"，的确是条大路。

雅化的诗还不得不回向俗化，刚刚来自民间的词，在当时不用说自然是"雅俗共赏"的。别瞧黄山谷的有些诗不好懂，他的一些小词可够俗的。柳耆卿更是个通俗的词人。词后来虽然渐渐雅化或文人化，可是始终不能雅到诗的地位，它怎么着也只是"诗余"。词变为曲，不是在文人手里变，是在民间变的；曲又变得比词俗，虽然也经过雅化或文人化，可是还雅不到词的地位，它只是"词余"。一方面从晚唐和尚的俗讲演变出来的宋朝的"说话"就是说书，乃至后来的平话以及章回小说，还有宋朝的杂剧和诸宫调等等转变成功的元朝的杂剧和戏文，乃至后来的传奇，以及皮簧戏，更多半是些"不登大雅"的"俗文学"。这些除元杂剧和后来的传奇也算是"词余"以外，在过去的文学传统里简直没有地位；也就是说这些小说和戏剧在过去的文学传统里多半没有地位，有些有点地位，也不是正经地位。可是虽然俗，大体上却"俗不伤雅"，虽然没有什么地位，却总是"雅俗共赏"的玩艺儿。

"雅俗共赏"是以雅为主的，从宋人的"以俗为雅"以及常语的"俗不伤雅"，更可见出这种宾主之分。起初成群俗士蜂拥而上，固然逼得原来的雅士不得不理会到甚至迁就着他们的趣味，可是这些俗士需要摆脱的更多。他们在学习，在享受，也在蜕变，这样渐渐适应那雅化的传统，于是乎新旧打成一片，传统多多少少变了质继续下去。前面说过的文体和诗风的种种改变，就是新旧双方调整的过程，结果迁就的渐渐不觉其为迁就，学习的也渐渐习惯成了自然，传统的确稍稍变了质，但是还是文言或雅言为主，就算跟民众近了一些，近得也不太多。

至于词曲，算是新起于俗间，实在以音乐为重，文辞原是无关轻重的；"雅俗共赏"，正是那音乐的作用。后来雅士们也曾分别将那些文辞雅化，但是因为音乐性太重，使他们不能完成那种雅化，所以词曲终于不能达到诗的地位。而曲一直配合着音乐，雅化更难，地位也就更低，还低于词一等。可是词曲到了雅化的时期，那"共赏"的人却就雅多而俗少了。真正"雅俗共赏"的是唐、五代、北宋的词，元朝的散曲和杂剧，还有平话和章回小说以及皮簧戏等。皮簧戏也是音乐为主，大家直到现在都还在哼着那些粗俗的戏词，所以雅化难以下手，虽然一二十年来这雅化也已经试着在开始。平话和章回小说，传统里本来没有，雅化没有合式的榜样，进行就不易。《三国演义》虽然用了文言，却是俗化的文言，接近口语的文言，后来的《水浒传》、《西游记》、《红楼梦》等就都用白话了。不能完全雅化的作品在雅化的传统里不能有地位，至少不能有正经的地位。雅化程度的深浅，决定这种地位的高低或有没有，一方面也决定"雅俗共赏"的范围的小和大——雅化越深，"共赏"的人越少，越浅也就越多。所谓多少，主要的是俗人，是小市民和受教育的农家子弟。在传统里没有地位或只有低地位的作品，只算是玩艺儿；然而这些才接近民众，接近民众却还能教"雅俗共赏"，雅和俗究竟有共通的地方，不是不相理会的两橛了。

单就玩艺儿而论，"雅俗共赏"虽然是以雅化的标准为主，"共赏"者却以俗人为主。固然，这在雅方得降低一些，在俗方也得提高一些，要"俗不伤雅"才成；雅方看来太俗，以至于"俗不可耐"的，是不能"共赏"的。但是在什么条件之下才会让俗人所"赏"的，雅人也能来"共赏"呢？我们想起了"有目共赏"这句话。孟子说过"不知子都之姣者，无目者也"，"有目"是反过来说，"共赏"还是陶诗"共欣赏"的意思。子都的美貌，有眼睛的都容易辨别，自然也就能"共赏"了。孟子接着说："口之于味也，有同嗜焉；耳之于声也，有同听焉；目之于色也，有同美焉。"这说的是人之常情，也就是所谓人情不相远。但是这不相远似乎只限于一些具体的、常识的、现实的事物和趣味。譬如北平罢，故宫和颐和园，包括建筑、风景和陈列的工艺品，似乎是"雅俗共赏"的，天桥在雅人的眼中似乎就有些太俗了。说到文章，俗人所能"赏"的也只是常识的，现实的。后汉的王充出身是俗人，他多多少少代表俗人说话，反对难懂而不切实用的辞赋，却赞美公文能手。公文这东西关系雅俗的现实利益，始终是不曾完全雅化了的。再说后来的小说和戏剧，有的雅人说《西厢记》诲淫，《水浒传》诲盗，这是"高论"。实际上这一部戏剧和这一部小说都是"雅俗共赏"的作品。《西厢记》无视了传统的礼教，《水浒传》无视了传统的忠德，然而"男女"是"人之大欲"之一，"官逼民反"，也是人之常情，梁山泊的英雄正是被压迫的人民所想望的。俗人固然同情这些，一部分的雅人，跟俗人相距还不太远的，也未尝不高兴这两部书说出了他们想说而不敢说的。这可以说是一种快感，一种趣味，可并不是低级趣味；这是有关系的，也未尝不是有节制的。"诲淫"、"诲盗"只是代表统治者的利益的说话。

19世纪20世纪之交是个新时代，新时代给我们带来了新文化，产生了我们的知识阶级。这知识阶级跟从前的读书人不大一样，包括了更多的从民间来的分子，他们渐渐跟统治者拆伙而走向民间。于是乎有了白话正宗的新文学，词曲和小说戏剧都有了正经的地位。还有种种欧化的新艺术。这种文学和艺术却并不能让小市民来"共赏"，不用说农工大众。于是乎有人指出这是新绅士也就是新雅人的欧化，不管一般人能够了解欣赏与否。他们提倡"大众语"运动。但是时机还没有成熟，结果不显著。抗战以来又有"通俗化"运动，这个运动并已经在开始转向大众化。"通俗化"还分别雅俗，还是"雅俗共赏"的路，大众化却更进一步要达到那没有雅俗之分，只有"共赏"的局面。这大概也会是所谓由量变到质变罢。

（《观察》）

论百读不厌

前些日子参加了一个讨论会，讨论赵树理先生的《李有才板话》。座中一位青年提出了一件事实：他读了这本书觉得好，可是不想重读一遍。大家费了一些时候讨论这件事实。有人表示意见，说不想重读一遍，未必减少这本书的好，未必减少它的价值。但是时间匆促，大家没有达到明确的结论。一方面似乎大家也都没有重读过这本书，并且似乎从没有想到重读它。然而问题不但关于这一本书，而是关于一切文艺作品。为什么一些作品有人"百读不厌"，另一些却有人不想读第二遍呢？是作品的不同吗？是读的人不同吗？如果是作品不同，"百读不厌"是不是作品评价的一个标准呢？这些都值得我们思索一番。

苏东坡有《送章惇秀才失解西归》诗，开头两句是：

旧书不厌百回读，

熟读深思子自知。

"百读不厌"这个成语就出在这里。"旧书"指的是经典，所以要"熟读深思"。《三国志·魏志·王肃传》注：

人有从（董遇）学者，遇不肯教，而云"必当先读百遍"，言"读书百遍而意自见"。

经典文字简短，意思深长，要多读，熟读，仔细玩味，才能了解和体会。所谓"意自见"，"子自知"，着重自然而然，这是不能着急的。这诗句原是安慰和勉励那考试失败的章惇秀才的话，劝他回家去安心读书，说"旧书"不嫌多读，越读越玩味越有意思。固然经典值得"百回读"，但是这里着重的还在那读书的人。简化成"百读不厌"这个成语，却就着重在读的书或作品了。这成语常跟另一成语"爱不释手"配合着，在读的时候"爱不释手"，读过了以后"百读不厌"。这是一种赞词和评语，传统上确乎是一个评价的标准。当然，"百读"只是"重读"、"多读"、"屡读"的意思，并不一定一遍接着一遍地读下去。

论雅俗共赏

经典给人知识，教给人怎样做人，其中有许多语言的、历史的、修养的课题，有许多注解，此外还有许多相关的考证，读上百遍，也未必能够处处贯通，教人多读是有道理的。但是后来所谓"百读不厌"，往往不指经典而指一些诗、一些文，以及一些小说；这些作品读起来津津有味，重读、屡读也不腻味，所以说"不厌"；"不厌"不但是"不讨厌"，并且是"不厌倦"。诗文和小说都是文艺作品，这里面也有一些语言的和历史的课题，诗文也有些注解和考证；小说方面呢，却直到近代才有人注意这些课题，于是也有了种种考证。但是过去一般读者只注意诗文的注解，不大留心那些课题，对于小说更是如此。他们集中在本文的吟诵或浏览上。这些人吟诵诗文是为了欣赏，甚至于只为了消遣，浏览或阅读小说更只是为了消遣，他们要求的是趣味，是快感。这跟诵读经典不一样。诵读经典是为了知识，为了教训，得认真、严肃、正襟危坐地读，不像读诗文和小说可以马马虎虎的、随随便便的，在床上、在火车轮船上都成。这么着可还能够教人"百读不厌"，那些诗文和小说到底是靠了什么呢？

在笔者看来，诗文主要是靠了声调，小说主要是靠了情节。过去一般读者大概都会吟诵，他们吟诵诗文，从那吟诵的声调或吟诵的音乐得到趣味或快感，意义的关系很少；只要懂得字面儿，全篇的意义弄不清楚也不要紧的。梁启超先生说过李义山的一些诗，虽然不懂得究竟是什么意思，可是读起来还是很有趣味（大意）。这种趣味大概一部分在那些字面儿的影像上，一部分就在那七言律诗的音乐上。字面儿的影像引起人们奇丽的感觉；这种影像所表示的往往是珍奇、华丽的景物，平常人不容易接触到的，所谓"七宝楼台"之类。民间文艺里常常见到的"牙床"等等，也正是这种作用。民间流行的小调以音乐为主，而不注重词句，欣赏也偏重在音乐上，跟吟诵诗文也正相同。感觉的享受似乎是直接的、本能的，即使是字面儿的影像所引起的感觉，也还多少有这种情形，至于小调和吟诵，更显然直接诉诸听觉，难怪容易唤起普遍的趣味和快感。至于意义的欣赏，得靠综合诸感觉的想象力，这个得有长期的教养才成。然而就像教养很深的梁启超先生，有时也还让感觉领着走，足见感觉的力量之大。

小说的"百读不厌"，主要的是靠了故事或情节。人们在儿童时代就爱听故事，尤其爱奇怪的故事。成人也还是爱故事，不过那情节得复杂些。这些故事大概总是神仙、武侠、才子、佳人，经过种种悲欢离合，而以大团圆终场。悲欢离合总得不同寻常，那大团圆才足奇。小说本来起于民间，起于农民和小市民之间。在封建社会里，农民和小市民是受着重重压迫的，他们没有多少自由，却有做白日梦的自由。他们寄托他们的希望于超现实的神仙、神仙化的武侠，以及望之若神仙的上层社会的才子佳人；他们希望有朝一日自己会变成了这样的人物。这自然是不能实现的奇迹，可是能够给他们安慰、趣味和快感。他们要大团圆，正因为他们一辈子是难得大团圆的，奇情也正是常情啊。他们同情故事中的人物，"设身处地"地"替古人担忧"，这也因为事奇人奇的缘故。过去的小说似乎始终没有完全移交到士大夫的手里。士大夫读小说，只是看闲书，就是作小说，也只是游戏文章，总而言之，消遣而已。他们得化装为小市民来欣赏，来写作；在他们看，小说奇于事实，只是一种玩艺儿，所以不能认真、严肃，只是消遣而已。

封建社会渐渐垮了，五四时代出现了个人，出现了自我，同时成立了新文学。新文学提高了文学的地位；文学也给人知识，也教给人怎样做人，不是做别人的，而是做自己的人。可是这时候写作新文学和阅读新文学的，只是那变了质的下降的士和那变了质的上升的农民和小市民混合成的知识阶级，别的人是不愿来或不能来参加的。而新文学跟过去的诗文和小说不同之处，就在它是认真地负着使命。早期的反封建也罢，后来的反帝国主义也罢，写实的也罢，浪漫的和感伤的也罢，文学作品总是一本正经地在表现着并且批评着生活。这么着文学扬弃了消遣的气氛，回到了严肃——古代贵族的文学如《诗经》，倒本来是严肃的。这负着严肃的使命的文学，自然不再注重"传奇"，不再注重趣味和快感，读起来也得正襟危坐，跟读经典差不多，不能再那么马马虎虎、随随便便的。但是究竟是形象化的，诉诸情感的，跟经典以冰冷的抽象的理智的教训为主不同，又是现代的白话，没有那些语言的和历史的问题，所以还能够吸引许多读者自动去读。不过教人"百读不厌"甚至教人想去重读一遍的作品，的确是很少了。

新诗或白话诗和白话文，都脱离了那多多少少带着人工的、音乐的声调，而用着接近说话的声调。喜欢古诗、律诗和骈文、古文的失望了，他们尤其反对这不能吟诵的白话新诗；因为诗出于歌，一直不曾跟音乐完全分家，他们是不愿扬弃这个传统的。然而诗终于转到意义中心的阶段了。古代的音乐是一种说话，所谓"乐语"，后来的音乐独立发展，变成"好听"为主了。现在的诗既负上自觉的使命，它得说出人人心中所欲言而不能言的，自然就不注重音乐而注重意义了。——一方面音乐大概也在渐渐注重意义，回到说话罢？——字面儿的影像还是用得着，不过一般地看起来，影像本身，不论是鲜明的，朦胧的，可以独立地诉诸感觉的，是不够吸引人了；影像如果必须得用，就要配合全诗的各部分完成那中心的意义，说出那要说的话。在这动乱时代，人们着急要说话，因为要说的话实在太多。小说也不注重故事或情节了，它的使命比诗更见分明。它可以不靠描写，只靠对话，说出所要说的。这里面神仙、武侠、才子、佳人，都不大出现了，偶然出现，也得打扮成平常人；是的，这时代的小说的人物，主要的是些平常人了，这是平民世纪啊。至于文，长篇议论文发展了工具性，让人们更如意，也更精密地说出他们的话，但是这已经成为诉诸理性的了。诉诸情感的是那发展在后的小品散文，就是那标榜"生活的艺术"，抒写"身体琐事"的。这倒是回到趣味中心，企图着教人"百读不厌"的，确乎也风行过一时。然而时代太紧张了，不容许人们那么悠闲；大家嫌小品文近乎所谓"软性"，丢下了它去找那"硬性"的东西。

文艺作品的读者变了质了，作品本身也变了质了，意义和使命压下了趣味，认识和行动压下了快感。这也许就是所谓"硬"的解释。"硬性"的作品得一本正经地读，自然就不容易让人"爱不释手"、"百读不厌"。于是"百读不厌"就不成其为评价的标准了，至少不成其为主要的标准了。但是文艺是欣赏的对象，它究竟是形象化的、诉诸情感的，怎么"硬"也不能"硬"到和论文或公式一样。诗虽然不必再讲那带几分机械性的声调，却不能不讲节奏，说话不也有轻重高低快慢吗？节奏合式，才能集中，才能够高度集中。文也有文的节奏，配合着意义使意义集中。小说是不注重故事或情节了，但也总得有些契机来表现生活和批评它；这些契机得费心思去选择和配合，才能够将那要说的话，要传达的意义，完整地说出来，传达出来。集中了的完整了的意义，才见出情感，才让人乐意接受，"欣赏"就是"乐意接受"的意思。能够这样让人欣赏的作品是好的，是否"百读不厌"，可以不论。在这种情形之下，笔者同意：《李有才板话》即使没有人想重读一遍，也不减少它的价值，它的好。

　　但是在我们的现代文艺里，让人"百读不厌"的作品也有的。例如鲁迅先生的《阿Q正传》，茅盾先生的《幻灭》、《动摇》、《追求》三部曲，笔者都读过不止一回，想来读过不止一回的人该不少罢。在笔者本人，大概是《阿Q正传》里的幽默和三部曲里的几个女性吸引住了我。这几个作品的好已经定论，它们的意义和使命大家也都熟悉，这里说的只是它们让笔者"百读不厌"的因素。《阿Q正传》主要的作用不在幽默，那三部曲的主要作用也不在铸造几个女性，但是这些却可能产生让人"百读不厌"的趣味。这种趣味虽然不是必要的，却也可以增加作品的力量。不过这里的幽默绝不是油滑

　　　　　　　　　　　论雅俗共赏

的、无聊的，也绝不是为幽默而幽默，而女性也绝不就是色情，这个界限是得弄清楚的。抗战期中，文艺作品尤其是小说的读众大大地增加了。增加的多半是小市民的读者，他们要求消遣，要求趣味和快感。扩大了的读众，有着这样的要求也是很自然的。长篇小说的流行就是这个要求的反应，因为篇幅长，故事就长，情节就多，趣味也就丰富了。这可以促进长篇小说的发展，倒是很好的。可是有些作者却因为这样的要求，忘记了自己的边界，放纵到色情上，以及粗劣的笑料上，去吸引读众，这只是迎合低级趣味。而读者贪读这一类低级的软性的作品，也只是沉溺，说不上"百读不厌"。"百读不厌"究竟是个赞词或评语，虽然以趣味为主，总要是纯正的趣味才说得上的。

（《文讯》月刊）

论逼真与如画
——关于传统的对于自然和艺术的态度的一个考察

"逼真"与"如画"这两个常见的批评用语，给人一种矛盾感。"逼真"是近乎真，就是像真的。"如画"是像画，像画的。这两个语都是价值的批评，都是说"好"。那么，到底是真的好呢，还是画得好呢？更教人迷糊的，像清朝大画家王鉴说的：

> 人见佳山水，辄曰"如画"；见善丹青，辄曰"逼真"。（《染香庵跋画》）

丹青就是画。那么，到底是"如画"好呢，还是"逼真"好呢？照历来的用例，似乎两个都好，两个都好而不冲突，怎么会的呢？这两个语出现在我们的中古时代，沿用得很久，也很广，表现着这个民族对于自然和艺术的重要的态度。直到白话文通行之后，我们有了完备的成套的批评用语，这两个语才少见了，但是有时还用得着，有时也翻成白话用着。

这里得先看看这两个语的历史。照一般的秩序，总是先有"真"，后才有"画"，所以我们可以顺理成章地说"逼真与如画"——将"逼真"排在"如画"的前头。然而事实上似乎后汉就有了"如画"这个词，"逼真"却大概到南北朝才见。这两个先后的时代，限制着"画"和"真"两个词的意义，也就限制着这两个语的意义；不过这种用语的意义是会跟着时代改变的。《后汉书·马援传》里说他：

为人明须（鬚）发，眉目如画。

唐朝李贤注引后汉的《东观记》说：

援长七尺五寸，色理发肤眉目容貌如画。

可见"如画"这个语后汉已经有了，南朝范晔作《后汉书·马援传》，大概就根据这类记载；他沿用"如画"这个形容语，没有加字，似乎直到南朝这个语的意义还没有什么改变。但是"如画"到底是什么意义呢？

我们知道直到唐初，中国画是以故事和人物为主的，《东观记》里的"如画"，显然指的是这种人物画。早期的人物画由于工具的简单和幼稚，只能做到形状匀称与线条分明的地步，看武梁祠的画像就可以知道。画得匀称分明是画得好；人的"色理发肤眉目容貌如画"，是相貌生得匀称分明，也就是生得好。但是色理发肤似乎只能说分明，不能说匀称，范晔改为"明须发，眉目如画"，是很有道理的。匀称分明是常识的评价标准，也可以说是自明的标准，到后来就成了古典的标准。类书里还举出三国时代诸葛亮的《黄陵庙记》，其中叙到"乃见江左大山壁立，林麓峰峦如画"，上文还有"睹江山之胜"的话。清朝严可均编辑的《全三国文》里说"此文疑依托"，大概是从文体或作风上看。笔者也觉得这篇记是后人所作。"江山之胜"这个意念到东晋才逐渐发展，三国时代是不会有的；而文体或作风又不像。文中"如画"一语，承接着"江山之胜"，已经是变义，下文再论。

"如画"是像画，原义只是像画的局部的线条或形体，可并不说像一个画面；因为早期的画还只以个体为主，作画的人对于整个的画面还没有清楚的意念。这个意念似乎到南北朝才清楚地出现。南齐谢赫举出画的六法，第五是"经营位置"，正是意识到整个画面的存在的证据。就在这个时代，有了"逼真"这个词，"逼真"是指的整个形状。如《水经注·沔水篇》说：

> 上粉县……堵水之旁……有白马山，山石似马，望之逼真。

这里"逼真"是说像真的白马一般。但是山石像真的白马又有什么好呢？这就牵连到这个"真"字的意义了。这个"真"固然指实物，可是一方面也是《老子》、《庄子》里说的那个"真"，就是自然，另一方面又包含谢赫的六法的第一项"气韵生动"的意思，惟其"气韵生动"，才能自然，才是活的不是死的。死的山石像活的白马，有生气，有生意，所以好。"逼真"等于俗语说的"活脱"或"活像"，不但像是真的，并且活像是真的。如果这些话不错，"逼真"这个意念主要地还是跟着画法的发展来的。这时候画法已经从匀称分明进步到模仿整个儿实物了。六法第二"骨法用笔"似乎是指的匀称分明，第五"经营布置"是进一步的匀称分明，第三"应物象形"，第四"随类傅彩"，第六"传模移写"，大概都在说出如何模仿实物或自然；最重要的当然是"气韵生动"，所以放在第一。"逼真"也就是近于自然，像画一般地模仿着自然，多多少少是写实的。

唐朝张怀瓘的《书断》里说：

太宗……尤善临古帖，殆于逼真。

这是说唐太宗模仿古人的书法，差不多活像，活像那些古人。不过这似乎不是模仿自然。但是书法是人物的一种表现，模仿书法也就是模仿人物；而模仿人物，如前所论，也还是模仿自然。再说我国书画同源，基本的技术都在乎"用笔"，书法模仿书法，跟画的模仿自然也有相通的地方。不过从模仿书法到模仿自然，究竟得拐上个弯儿。老是拐弯儿就不免只看见那作品而忘掉了那整个儿的人，于是乎"貌同心异"，模仿就成了死板板的描头画角了。书法不免如此，画也不免如此。这就不成其为自然。郭绍虞先生曾经指出道家的自然有"神化"和"神遇"两种境界。而"气韵生动"的"气韵"，似乎原是音乐的术语借来论画的，这整个语一方面也接受了"神化"和"神遇"的意念，综合起来具体地说出，所以作为基本原则，排在六法的首位。但是模仿成了机械化，这个基本原则显然被忽视。为了强调它，唐朝人就重新提出

论雅俗共赏

那"神"的意念，这说是复古也未尝不可。于是张怀瓘开始将书家分为"神品"、"妙品"、"能品"，朱景元又用来论画，并加上了"逸品"。这神、妙、能、逸四品，后来成了艺术批评的通用标准，也是一种古典的标准。但是神、妙、逸三品都出于道家的思想，都出于玄心和达观，不出于常识，只有能品才是常识的标准。

重神当然就不重形，模仿不妨"貌异心同"；但是这只是就间接模仿自然而论。模仿别人的书画诗文，都是间接模仿自然，也可以说是艺术模仿艺术。直接模仿自然，如"山石似马"，可以说是自然模仿自然，就还得"逼真"才成。韩愈的《春雪间早梅》诗说：

> 那是俱疑似，
> 须知两逼真！

春雪活像早梅，早梅活像春雪，也是自然模仿自然，不过也是像画一般模仿自然。至于韩偓的诗：

> 纵有才难咏，
> 宁无画逼真！

说是虽然诗才薄弱，形容不出，难道不能画得活像！这指的是女子的美貌，又回到了人物画，可以说是艺术模仿自然。这也是直接模仿自然，要求"逼真"，跟"山石似马"那例子一样。

到了宋朝，苏轼才直截了当地否定了"形似"，他的《书鄢陵王主簿所画折枝》诗里说：

> 论画以形似，
> 见与儿童邻。……
> 边鸾雀写生，
> 赵昌花传神。……

"写生"是"气韵生动"的注脚。后来董逌的《广川画跋》里更提出"生意"这个意念。他说：

> 世之评画者曰，妙于生意，能不失真如此矣。至是为能尽其技。尝问如何是当处生意？曰，殆谓自然。问自然，则曰能不异真者斯得之矣。且观天地生物，特一气运化尔，其功用秘移，与物有宜，莫知为之者。故能成于自

然。今画者信妙矣，方且晕形布色，求物比之，似而效之，序以成者，皆人力之后失也，岂能以合于自然者哉！

"生意"是真，是自然，是"一气运化"。"晕形布色"，比物求似，只是人工，不合自然。他也在否定"形似"，一面强调那气化或神化的"生意"。这些都见出道家"得意忘言"以及禅家"参活句"的影响。不求"形似"，当然就无所谓"逼真"；因为"真"既没有定型，逼近与否是很难说的。我们可以说"神似"，也就是"传神"，却和"逼真"有虚实之分。不过就画论画，人物、花鸟、草虫，到底以形为本，常识上还只要求这些画"逼真"。跟苏轼差不多同时的晁以道的诗说得好：

> 画写物外形，
> 要于形不改。

就是这种意思。但是山水画另当别论。

东晋以来士大夫渐渐知道欣赏山水，这也就是风景，也就是"江山之胜"。但是在画里山水还只是人物的背景，《世说新语》记顾恺之画谢鲲在岩石里，就是一个例证。那时却有个宗炳，将自己游历过的山水，画在墙壁上，"卧以游之"。这是山水画独立的开始，但是这种画无疑多多少少还是写实的。到了唐朝，山水画长足地发展，北派还走着近乎写实的路，南派的王维开创了文人画，却走上了象征的路。苏轼说他"诗中有画，画中有诗"，文人画的特色就在"画中有诗"。因为要"有诗"，有时就出了常识常理之外。张彦远说"王维画物多不问四时，如画花，往往以桃、杏、芙蓉、莲花同画一景"。宋朝沈括的《梦溪笔谈》也说他家藏得有王氏的"《袁安卧雪图》，有雪中芭蕉"。但是沈氏却说：

　　　　此乃得心应手，意到便成，故造理入神，迥得天意。此难可与俗人论也。

这里提到了"神"、"天"，就是自然，而"俗人"是对照着"文人"说的。沈氏在上文还说"书画之妙，当以神会"，"神会"可以说是象征化。桃、杏、芙蓉、莲花虽然不同时，放在同一个画面上，线条、形体、颜色却有一种特别的和谐，雪中芭蕉也如此。这种和谐就是诗。桃、杏、芙蓉、莲花等只当做线条、形体、颜色用着，只当做象征用着，所以就可以"不问四时"。这也可以说是装饰化，图案化，程式化。但是最容易程式化的最能够代表文人化的是山水画，苏轼的评语，正指王维的山水画而言。

桃、杏、芙蓉、莲花等等是个别的实物，形状和性质各自分明，"同画一景"，俗人或常人用常识的标准来看，马上觉得时令的矛盾，至于那矛盾里的和谐，原是在常识以外的，所以容易引起争辩。山水，文人欣赏的山水，却是一种境界，来点儿写实固然不妨，可是似乎更宜于象征化。山水里的草木鸟兽人物，都吸收在山水里，或者说和山水合为一气；兽与人简直可以没有，如元朝倪瓒的山水画，就常不画人，据说如此更高远，更虚静，更自然。这种境界是画，也是诗，画出来写出来是的，不画出来不写出来也是的。这当然说不上"像"，更说不上"活像"或"逼真"了。"如画"倒可以解作像这种山水画。但是唐人所谓"如画"，还带有写实的意味，例如李商隐的诗：

茂苑城如画，

阊门瓦欲流。

皮日休的诗：

> 楼台如画倚霜空。

虽然所谓"如画"指的是整个画面，却似乎还是北派的山水画。上文《黄陵庙记》里的"如画"，也只是这个意思。到了宋朝，如林逋的诗：

> 白公睡阁幽如画。

这个"幽"就全然是境界，像的当然是南派的画了。"如画"可以说是属于自然模仿艺术一类。

上文引过王鉴的话，"人见佳山水，辄曰'如画'"，这"如画"是说像南派的画。他又说"见善丹青，辄曰'逼真'"，这丹青却该是人物、花鸟、草虫，不是山水画。王鉴没有弄清楚这个分别，觉得这两个语在字面上是矛盾的，要解决这个矛盾，他接着说：

> 则知形影无定法，真假无滞趣，惟在妙悟人得之；不尔，虽工未为上乘也。

形影无定，真假不拘，求"形似"也成，不求"形似"也成，只要妙悟，就能够恰到好处。但是"虽工未为上乘"，"形似"到底不够好。他这些话并不曾解决了他想象中的矛盾，反而越说越糊涂。照"真假无滞趣"那句话，似乎画是假的；可是既然不拘真假，假而合于自然，也未尝不可以说是真的。其实他所谓假，只是我们说的境界，与实物相对的境界。照我们看，境界固然与实物不同，却也不能说是假的。同是清朝大画家的王时敏在一处画跋里说过：

> 石谷所作雪卷，寒林积素，江村寥落，一一皆如真
> 境，宛然辋川笔法。

辋川指的王维，"如真境"是说像自然的境界，所谓"得心应手，意到便成"，"莫知为之者"。自然的境界尽管与实物不同，却还不妨是真的。

"逼真"与"如画"这两个语借用到文学批评上，意义又有些变化。这因为文学不同于实物，也不同于书法的点画，也不同于画法的"用笔"、"象形"、"傅彩"。文学以文字为媒介，文字表示意义，意义构成想象；想象里有人物、花鸟、草虫，及其他，也有山水——有实物，也有境界。但是这种实物只是想象中的实物；至于境界，原只存在于想

象中，倒是只此一家，所以"诗中有画，画中有诗"。向来评论诗文以及小说戏曲，常说"神态逼真"、"情景逼真"，指的是描写或描画。写神态写情景写得活像，并非诉诸直接的感觉，跟"山石似马，望之逼真"以及"宁无画逼真"的直接诉诸视觉不一样，这是诉诸想象中的视觉的。宋朝梅尧臣说过"状难写之景，如在目前"，"如"字很确；这种"逼真"只是使人如见。可是向来也常说"口吻逼真"，写口气写得活像，是使人如闻，如闻其声。这些可以说是属于艺术模仿自然一类。向来又常说某人的诗"逼真老杜"，某人的文"逼真昌黎"，这是说在语汇、句法、声调、用意上，都活像，也就是在作风与作意上都活像，活像在默读或朗诵两家的作品，或全篇，或断句。这儿说是"神似老杜"、"神似昌黎"也成，想象中的活像本来是可实可虚两面儿的。这是属于艺术模仿艺术一类。文学里的模仿，不论模仿的是自然或艺术，都和书画不相同；倒可以比建筑，经验是材料，想象是模仿的图样。

　　向来批评文学作品，还常说"神态如画"、"情景如画"、"口吻如画"，也指描写而言。上文"如画"的例句，都属于自然模仿艺术一类。这儿是说"写神态如画"、"写情景如画"、"写口吻如画"，可以说是属于艺术模仿自然一类。在这里"如画"的意义却简直和"逼真"是一样，想象的"逼真"和想象的"如画"在想象里合而为一了。这种"逼真"与"如画"都只是分明、具体、可感觉的意思，正是常识对于自然和艺术所要求的。可是说"景物如画"或"写景物如画"，却是例外。这儿"如画"的"画"，可以是北派山水，可以是南派山水，得看所评的诗文而定；若是北派，"如画"就只是匀称分明，若是南派，就是那诗的境界，都与"逼真"不能合一。不过传统的诗文里写景的地方并不很多，小说戏剧里尤其如此，写景而有境界的更少，因此王维的"诗中有画"才见得难能可贵，模仿起来不容易。他创始的"画中有诗"的文人画，却比那"诗中有画"的诗直接些、具体些，模仿的人很多，多到成为所谓南派。我们感到"如画"与"逼真"两个词好像矛盾，就由于这一派文人画的影响。不过这两个语原来既然都……常识的评价标准，后来意义虽有改变，而除了"如画"……作为一种境界解释的时候变为玄心妙赏以外，也都还……常识的标准。这就可见我们的传统的对于自然和艺术的……度，一般地还是以常识为体，雅俗共赏为用的。那些"……与俗人论"的，恐怕到底不是天下之达道罢。

（天津《民国日报》文艺副刊）

论书生的酸气

读书人又称书生。这固然是个可以骄傲的名字，如说"一介书生"、"书生本色"，都含有清高的意味。但是正因为清高，和现实脱了节，所以书生也是嘲讽的对象。人们常说"书呆子"、"迂夫子"、"腐儒"、"学究"等，都是嘲讽书生的。"呆"是不明利害，"迂"是绕大弯儿，"腐"是顽固守旧，"学究"是指一孔之见。总之，都是知古不知今，知书不知人，食而不化的读死书或死读书，所以在现实生活里老是吃亏、误事、闹笑话。总之，书生的被嘲笑是在他们对于书的过分地执著上；过分地执著书，书就成了话柄了。

但是还有"寒酸"一个话语，也是形容书生的。"寒"是"寒素"，对"膏粱"而言，是魏晋南北朝分别门第的用语。"寒门"或"寒人"并不限于书生，武人也在里头；"寒士"才指书生。这"寒"指生活情形，指家世出身，并不关

论雅俗共赏

涉到书；单这个字也不含嘲讽的意味。加上"酸"字成为连语，就不同了，好像一副可怜相活现在眼前似的。"寒酸"似乎原作"酸寒"。韩愈《荐士》诗，"酸寒溧阳尉"，指的是孟郊；后来说"郊寒岛瘦"，孟郊和贾岛都是失意的人，作的也是失意诗。"寒"和"瘦"映衬起来，够可怜相的，但是韩愈说"酸寒"，似乎"酸"比"寒"重。可怜别人说"酸寒"，可怜自己也说"酸寒"，所以苏轼有"故人留饮慰酸寒"的诗句。陆游有"书生老瘦转酸寒"的诗句。"老瘦"固然可怜相，感激"故人留饮"也不免有点儿。范成大说"酸"是"书生气味"，但是他要"洗尽书生气味酸"，那大概是所谓"大丈夫不受人怜"罢？

为什么"酸"是"书生气味"呢？怎么样才是"酸"呢？话柄似乎还是在书上。我想这个"酸"原是指读书的声调说的。晋以来的清谈很注重说话的声调和读书的声调。说话注重音调和辞气，以朗畅为好。读书注重声调，从《世说新语·文学篇》所记殷仲堪的话可见；他说，"三日不读《道德经》，便觉舌本闲强"，说到舌头，可见注重发音，注重发音也就是注重声调。《任诞篇》又记王孝伯说："名士不必须奇才，但使常得无事，痛饮酒，熟读《离骚》，便可称名士。"这"熟读《离骚》"该也是高声朗诵，更可见当时风气。《豪爽篇》记："王司州（胡之）在谢公（安）坐，咏'入不言兮出不辞，乘回风兮载云旗'（《离骚·九歌》），语人云，'当尔时，觉一坐无人。'"正是这种名士气的好例。读古人的书注重声调，读自己的诗自然更注重声调。《文学篇》记着袁宏的故事：

> 袁虎（宏小名虎）少贫，尝为人佣载运租。谢镇西经船行，其夜清风朗月，闻江渚间估客船上有咏诗声，甚有情致，所诵五言，又其所未尝闻，叹美不能已。即遣委曲讯问，乃是袁自咏其所作《咏史》诗。因此相要，大相赏得。

从此袁宏名誉大盛，可见朗诵关系之大。此外《世说新语》里记着"吟啸"、"啸咏"、"讽咏"、"讽诵"的还很多，大概也都是在朗诵古人的或自己的作品罢。

这里最可注意的是所谓"洛下书生咏"或简称"洛生咏"。《晋书·谢安传》说：

> 安本能为洛下书生咏。有鼻疾，故其音浊。名流爱其咏而弗能及，或手掩鼻以效之。

《世说新语·轻诋篇》却记着：

> 人问顾长康："何以不作洛生咏？"答曰："何至作
> 老婢声！"

刘孝标注，"洛下书生咏间音重浊，故云'老婢声'"。所谓"重浊"，似乎就是过分悲凉的意思。当时诵读的声调似乎以悲凉为主。王孝伯说"熟读《离骚》，便可称名士"，王胡之在谢安坐上咏的也是《离骚·九歌》，都是《楚辞》。当时诵读《楚辞》，大概还知道用楚声楚调，乐府曲调里也正有楚调，而楚声楚调向来是以悲凉为主的。当时的诵读大概受到和尚的梵诵或梵唱的影响很大，梵诵或梵唱主要的是长吟，就是所谓"咏"。《楚辞》本多长句，楚声楚调配合那长吟的梵调，相得益彰，更可以"咏"出悲凉的"情致"来。袁宏的《咏史》诗现存两首，第一首开始就是"周昌梗概臣"一句，"梗概"就是"慷慨"、"感慨"；"感慨悲歌"也是一种"书生本色"。沈约《宋书·谢灵运传论》所举的五言诗名句，钟嵘《诗品·序》里所举的五言诗名句和名篇，差不多都是些"慷慨悲歌"。《晋书》里还有一个故事。晋朝曹摅的《感旧》诗有"富贵他人合，贫贱亲戚离"两句。后来殷浩被废为老百姓，送他的心爱的外甥回朝，朗诵这两句，引起了身世之感，不觉泪下。这是悲凉的朗诵的确例。但是自己若是并无真实的悲哀，只去学时髦，捏着鼻子学那悲哀的"老婢声"的"洛生咏"，那就过了分，那也就是赵宋以来所谓"酸"了。

唐朝韩愈有《八月十五夜赠张功曹》诗，开头是：

纤云四卷天无河，

清风吹空月舒波。

沙平水息声影绝，

一杯相属君当歌。

接着说：

君歌声酸辞且苦，

不能听终泪如雨。

接着就是那"酸"而"苦"的歌辞：

　　　　　　　　　　　　论雅俗共赏

洞庭连天九疑高，

蛟龙出没猩鼯号。

十生九死到官所，

幽居默默如藏逃。

下床畏蛇食畏药，

海气湿蛰熏腥臊。

昨者州前捶大鼓，

嗣皇继圣登夔皋。

赦书一日行万里，

罪从大辟皆除死。

迁者追回流者还，

涤瑕荡垢清朝班。

州家申名使家抑，

坎坷只得移荆蛮。

判司卑官不堪说，

未免捶楚尘埃间。

同时辈流多上道，

天路幽险难追攀！

张功曹是张署，和韩愈同被贬到边远的南方，顺宗即位，只奉命调到近一些的江陵做个小官儿，还不得回到长安去，因此有了这一番冤苦的话。这是张署的话，也是韩愈的话。但是诗里却接着说：

> 君歌且休听我歌，
> 我歌今与君殊科。

韩愈自己的歌只有三句：

> 一年明月今宵多，
> 人生由命非由他，
> 有酒不饮奈明何！

他说认命算了，还是喝酒赏月罢。这种达观其实只是苦情的伪装而已。前一段"歌"虽然辞苦声酸，倒是货真价实，并无过分之处。由那"声酸"知道吟诗的确有一种悲凉的声调，而所谓"歌"其实只是讽咏。大概汉朝以来不像春秋时代一样，士大夫已经不会唱歌，他们大多数是书生出身，就用讽咏或吟诵来代替唱歌。他们——尤其是失意的书生——的苦情就发泄在这种吟诵或朗诵里。

论雅俗共赏

战国以来，唱歌似乎就以悲哀为主，这反映着动乱的时代。《列子·汤问篇》记秦青"抚节悲歌，声振林木，响遏行云"，又引秦青的话，说韩娥在齐国雍门地方"曼声哀哭，一里老幼悲愁垂涕相对，三日不食"，后来又"曼声长歌，一里老幼，善跃抃舞，弗能自禁"。这里说韩娥虽然能唱悲哀的歌，也能唱快乐的歌，但是和秦青自己独擅悲歌的故事合看，就知道还是悲歌为主。再加上齐国杞梁殖的妻子哭倒了城的故事，就是现在还在流行的孟姜女哭倒长城的故事，悲歌更为动人，是显然的。书生吟诵，声酸辞苦，正和悲歌一脉相传。但是声酸必须辞苦，辞苦又必须情苦；若是并无苦情，只有苦辞，甚至连苦辞也没有，只有那供人酸鼻的声调，那就过了分，不但不能动人，反要遭人嘲弄了。书生往往自命不凡，得意的自然有，却只是少数，失意的可太多了。所以总是叹老嗟卑，长歌当哭，哭丧着脸一副可怜相。朱子在《楚辞辨证》里说汉人那些模仿的作品"诗意平缓，意不深切，如无所疾痛而强为呻吟者"。"无所疾痛而强为呻吟"就是所谓"无病呻吟"。后来的叹老嗟卑也正是无病呻吟。有病呻吟是紧张的，可以得人同情，甚至叫人酸鼻；无病呻吟，病是装的、假的，呻吟也是装的、假的，假装可以酸鼻的呻吟，酸而不苦像是丑角扮戏，自然只能逗人笑了。

苏东坡有《赠诗僧道通》的诗：

> 雄豪而妙苦而腴，
>
> 只有琴聪与蜜殊。
>
> 语带烟霞从古少，
>
> 气含蔬笋到公无。……

查慎行注引叶梦得《石林诗话》说：

> 近世僧学诗者极多，皆无超然自得之趣，往往掇拾模
> 仿士大夫所残弃，又自作一种体，格律尤俗，谓之"酸
> 馅气"。子瞻……尝语人云："颇解'蔬笋'语否？为
> 无'酸馅气'也。"闻者无不失笑。

东坡说道通的诗没有"蔬笋"气，也就没有"酸馅气"，和尚
修苦行，吃素，没有油水，可能比书生更"寒"更"瘦"；一
味反映这种生活的诗，好像酸了的菜馒头的馅儿，干酸，吃
不得，闻也闻不得，东坡好像是说，苦不妨苦，只要"苦而
腴"，有点儿油水，就不至于那么扑鼻酸了。这酸气的"酸"
还是从"声酸"来的。而所谓"书生气味酸"该就是指的这

　　　　　　　　　　　论雅俗共赏

种"酸馅气"。和尚虽苦，出家人原可"超然自得"，却要学吟诗，就染上书生的酸气了。书生失意的固然多，可是叹老嗟卑的未必真的穷苦到他们嗟叹的那地步；倒是"常得无事"，就是"有闲"，有闲就无聊，无聊就作成他们的"无病呻吟"了。宋初西昆体的领袖杨亿讥笑杜甫是"村夫子"，大概就是嫌他叹老嗟卑的太多。但是杜甫"窃比稷与契"，嗟叹的其实是天下之大，绝不止于自己的鸡虫得失。杨亿是个得意的人，未免忘其所以，才说出这样不公道的话。可是像陈师道的诗，叹老嗟卑，吟来吟去，只关一己，的确叫人腻味。这就落了套子，落了套子就不免有些"无病呻吟"，也就是有些"酸"了。

　　道学的兴起表示书生的地位加高，责任加重，他们更其自命不凡了，自嗟自叹也更多了。就是眼光如豆的真正的"村夫子"或"三家村学究"，也要哼哼唧唧地在人面前卖弄那背得的几句死书，来嗟叹一切，好搭起自己的读书人的空架子。鲁迅先生笔下的"孔乙己"，似乎是个更破落的读书人，然而"他对人说话，总是满口之乎者也，教人半懂不懂的"。人家说他偷书，他却争辩着，"窃书不能算偷……窃书！……读书人的事，能算偷么？""接连便是难懂的话，什么'君子固穷'，什么'者乎'之类，引得众人都哄笑起来"。孩子们看着他的茴香豆的碟子。

孔乙己着了慌，伸开五指将碟子罩住，弯下腰去说道："不多了，我已经不多了。"直起身又看一看豆，自己摇头说："不多不多！'多乎哉？不多也。'"于是这一群孩子都在笑声里走散了。

破落到这个地步，却还只能"满口之乎者也"，和现实的人民隔得老远的，"酸"到这地步真是可笑又可怜了。"书生本色"虽然有时是可敬的，然而他的酸气总是可笑又可怜的。最足以表现这种酸气的典型，似乎是戏台上的文小生，尤其是昆曲里的文小生，那哼哼唧唧、扭扭捏捏、摇摇摆摆的调调儿，真够"酸"的！这种典型自然不免夸张些，可是许差不离儿罢。

向来说"寒酸"、"穷酸"，似乎酸气老聚在失意的书生身上。得意之后，见多识广，加上"一行作吏，此事便废"，那时就会不再执著在书上，至少不至于过分地执著在书上，那"酸气味"是可以多多少少"洗"掉的。而失意的书生也并非都有酸气。他们可以看得开些，所谓达观，但是达观也不易，往往只是伪装。他们可以看远大些，"梗概而多气"

是雄风豪气，不是酸气。至于近代的知识分子，让时代逼得不能读死书或死读书，因此也就不再执著那些古书。文言渐渐改了白话，吟诵用不上了；代替吟诵的是又分又合的朗诵和唱歌。最重要的是他们看清楚了自己，自己是在人民之中，不能再自命不凡了。他们虽然还有些闲，可是要"常得无事"却也不易。他们渐渐丢了那空架子，脚踏实地向前走去。早些时还不免带着感伤的气氛，自爱自怜，一把眼泪一把鼻涕的；这也算是酸气，虽然念诵的不是古书而是洋书。可是这几年时代逼得更紧了，大家只得抹干了鼻涕眼泪走上前去。这才真是"洗尽书生气味酸"了。

（《世纪评论》）

论朗诵诗

战前已经有诗歌朗诵，目的在乎试验新诗或白话诗的音节，看看新诗是否有它自己的音节，不因袭旧诗而确又和白话散文不同的音节，并且看看新诗的音节怎样才算是好。这个朗诵运动虽然提倡了多年，可是并没有展开；新诗的音节是在一般写作和诵读里试验着。试验的结果似乎是向着匀整一路走，至于怎样才算好，得一首一首诗地看，看那感情和思想跟音节是否配合得恰当，是否打成一片，不漏缝儿，这就是所谓"相体裁衣"。这种结果的获得虽然不靠朗诵运动，可是得靠诵读。诵读是独自一个人默读或朗诵，或者向一些朋友朗诵。这跟朗诵运动的朗诵不同，那朗诵或者是广播，或者是在大庭广众之中。过去的新诗有一点还跟旧诗一样，就是出发点主要的是个人，所以只可以"娱独坐"，不能够"悦众耳"，就是只能诉诸自己或一些朋友，不能诉诸群众。战前诗歌朗诵运动所以不能展开，我想根由就在这里。而抗战以来的朗诵运动，不但广大地展开，并且产生了独立的朗诵诗，转捩点也在这里。

抗战以来的朗诵运动起于迫切的实际的需要——需要宣传，需要教育广大的群众。这朗诵运动虽然以诗歌为主，却不限于诗歌，也朗诵散文和戏剧的对话；只要能够获得朗诵的效果，什么都成。假如战前的诗歌朗诵运动可以说是艺术教育，这却是政治教育。政治教育的对象不用说比艺术教育的广大得多，所以教材也得杂样儿的；这时期的朗诵会有时还带歌唱。抗战初期的朗诵有时候也用广播，但是我们的广播事业太不发达，这种朗诵的广播，恐怕听的人太少了；所以后来就直接诉诸集会的群众。朗诵的诗歌大概一部分用民间形式写成，在旧瓶里装上新酒，一部分是抗战的新作；一方面更有人用简单的文字试作专供朗诵的诗，当然也是抗战的诗，政治性的诗，于是乎有了"朗诵诗"这个名目。不过这个名目将"诗"限在"朗诵"上，并且也限在政治性上，似乎太狭窄了，一般人不愿意接受它。可是朗诵运动越来越快地发展了，诗歌朗诵越来越多了，效果也显著起来了，朗诵诗开始向公众要求它的地位。于是乎来了论争，论争的焦点是在诗的政治性上。笔者却以为焦点似乎应该放在朗诵诗的独立的地位或独占的地位上；笔者以为朗诵诗应该有独立的地位，不应该有独占的地位。

笔者过去也怀疑朗诵诗，觉得看来不是诗，至少不像诗，不像我们读过的那些诗，甚至于可以说不像我们有过的那些诗。对的，朗诵诗的确不是那些诗。它看来往往只是一些抽象的道理，就是有些形象，也不够说是形象化；这只是宣传的工具，而不是本身完整的艺术品。照传统的看法，这的确不能算是诗。可是参加了几回朗诵会，听了许多朗诵，开始觉得听的诗歌跟看的诗歌确有不同之处；有时候同一首诗看起来并不觉得好，听起来却觉得很好。笔者这里想到的是艾青先生的《大堰河》（他的乳母的名字）；自己多年前看过这首诗，并没有注意它，可是在三十四年昆明西南联大的五四周朗诵晚会上听到闻一多先生朗诵这首诗，从他的抑扬顿挫里体会了那深刻的情调，一种对于母性的不幸的人的爱。会场里上千的听众也都体会到这种情调，从当场热烈的掌声以及笔者后来跟在场的人的讨论可以证实。这似乎是那晚上最精彩的节目之一。还有一个节目是新中国剧社的李先生朗诵庄涌先生《我的实业计划》那首讽刺诗。这首诗笔者也看到过，看的时候我觉得它写得好，抓得住一些大关目，又严肃而不轻浮。听到那洪钟般的朗诵，更有沉着痛快之感。笔者那时特别注意《大堰河》那一首，想来想去，觉得是闻先生有效地戏剧化了这首诗，他的演剧的才能给这首诗增加了些新东西，它是在他的朗诵里才完整起来的。

后来渐渐觉得，似乎适于朗诵的诗或专供朗诵的诗，大多数是在朗诵里才能见出完整来的。这种朗诵诗大多数只活在听觉里，群众的听觉里；独自看起来或在沙龙里念起来，就觉得不是过火，就是散漫、平淡、没味儿。对的，看起来不是诗，至少不像，可是在集会的群众里朗诵出来，就确乎是诗。这是一种听的诗，是新诗中的新诗。它跟古代的听的诗又不一样。那些诗是唱的，唱的是英雄和美人，歌手们唱，贵族们听，是伺候贵族们的玩艺儿。朗诵诗可不伺候谁，只是沉着痛快地说出大家要说的话，听的是有话要说的一群人。朗诵诗虽然近乎戏剧的对话，可又不相同。对话是剧中人在对话，只间接地诉诸听众，而那种听众是悠闲的、散漫的。朗诵诗却直接诉诸紧张的、集中的听众。不过朗诵的确得注重声调和表情，朗诵诗的确得是戏剧化的诗，不然就跟演讲没有分别，就真不是诗了。

朗诵诗是群众的诗，是集体的诗。写作者虽然是个人，可是他的出发点是群众，他只是群众的代言人。他的作品得在群众当中朗诵出来，得在群众的紧张的集中的氛围里成长。那诗稿以及朗诵者的声调和表情，固然都是重要的契机，但是更重要的是那氛围，脱离了那氛围，朗诵诗就不能成其为诗。朗诵诗要能够表达出来大家的憎恨、喜爱、需要和愿望；它表达这些情感，不是在平静的回忆之中，而是在紧张的集中的现场，它给群众打气，强调那现场。有些批评家认为文艺是态度的表示，表示行动的态度而归于平衡或平静；诗出于个人的沉思而归于个人的沉思，所以跟实生活保持着相当的距离，创作和欣赏都得在这相当的距离之外。所谓"怨而不怒"，"乐而不淫"，"哀而不伤"，所谓"温柔敦厚"以及"无关心"的态度，都从这个相当的距离生出来。有了这个相当的距离，就不去计较利害，所以有"诗失之愚"的话。朗诵诗正要揭破这个愚，它不止于表示态度，却更进一步要求行动或者工作。行动或工作没有平静与平衡，也就没有了距离；朗诵诗直接与实生活接触，它是宣传的工具，战斗的武器，而宣传与战斗正是行动或者工作。玛耶可夫斯基论诗说得好：

　　　照我们说

　　　　韵律——

　　　　　大桶，

　　　炸药桶。

　　　　　　　　　　　　　　　　　论雅俗共赏

一小行

　　　　导火线。

　　大行冒烟，

　　　　小行爆发，

　　………

　　这正是朗诵诗的力量，它活在行动里，在行动里完整，在行动里完成。这也是朗诵诗之所以为新诗中的新诗。

　　宣传是朗诵诗的任务，它讽刺、批评、鼓励行动或者工作。它有时候形象化，但是主要的在运用亦裸裸的抽象的语言；这不是文绉绉的拖泥带水的语言，而是沉着痛快的，充满了辣味和火气的语言。这是口语，是对话，是直接向听的人说的。得去听，参加集会，走进群众里去听，才能接受它，至少才能了解它。单是看写出来的诗，会觉得咄咄逼人、野气、火气、教训气；可是走进群众里去听，听上几回就会不觉得这些了。再说朗诵诗是对话，或者三言两语，或者长篇大套；前一种像标语口号，看起来简单得没味儿，后一种又好像啰嗦得没味儿。其实味儿是有，却是在朗诵和大家听里。笔者六月间曾在教室里和同学们讨论过一位何达同学写的两首诗，我念给他们听。第一首是《我们开会》：

我们开会

    我们的视线

    像车辐

        集中在一个轴心

我们开会

    我们的背

    都向外

        砌成一座堡垒

我们开会

    我们的灵魂

    紧紧的

        拧成一根巨绳

面对着

    共同的命运

    我们开着会

    就变成一个巨人

这一首写在三十三年六月里，另一首《不怕死——怕讨论》写在今年六月三日，"六二"的后一日：

> 我们不怕死
> > 可是我们怕讨论
>
> 我们的情绪非常热烈
> > 谁要是叫我们冷静的想一想
> > 我们就嘶他通他
> > 我们就大声地喊
> > 滚你妈的蛋
> > 无耻的阴谋家
>
> 难道你们不知道
> > 我们只有情绪
> > 我们全靠情绪
> > 决不能用理智
> > > 压低我们的情绪

可是朋友们

　　我们这样可不行啊

　　我们不怕死

　　我们也不应该怕讨论

　　要民主——我们就得讨论

　　要战斗——我们也得讨论

　　我们不怕死

　　我们也不怕讨论

　　一班十几个人喜欢第一首的和喜欢第二首的各占一半。前者说第一首形象化，"结构严紧"，而第二首只"是平铺直叙地说出来"。后者说第二首"自然而完整"，"能在不多的几句话里很清楚地说出为什么不怕死也不怕讨论来"，第一首却"只写出了很少的一点，并未能很具体地写出开会的情形"；又说"在朗诵的效果上"，第二首要比第一首大。笔者没有练习过朗诵，那回只是教学上的诵读；要真是在群众里朗诵，那结果也许会向第二首一面倒罢。因为笔者在独自看的时候原也喜欢第一首，可是一经在教室里诵读，就觉得第二首有劲儿，想来朗诵起来更会如此的。"结构严紧"，回环往复地写出"很少的一点"，让人仔细吟味，原是诗之所以为诗，不过那是看的诗。朗诵诗的听众没有那份耐性，也没有那样工夫，他们要求沉着痛快，要求动力——形象化当然也好，可是要动的形象，如"炸药桶"、"导火线"；静的形象如"轴心"、"堡垒"、"巨绳"，似乎不够劲儿。

"自然而完整"，就是艺术品了；可是说时容易做时难。朗诵诗得是一种对话或报告，诉诸群众，这才直接，才亲切自然。但是这对话得干脆，句读不能长，并且得相当匀整，太参差了就成演讲，太整齐却也不自然。话得选择，像戏剧的对话一样地严加剪裁；这中间得留地步给朗诵人，让他用他的声调和表情，配合群众的氛围，完整起来那写下的诗稿——这也就是集中。剧本在演出里才完成，朗诵诗也在朗诵里才完成。这种诗往往看来嫌长可是朗诵起来并不长；因为看是在空间里，听是在时间里。笔者亲身的经验可以证实。前不久在北大举行的一个诗歌晚会里听到朗诵《米啊，你在哪里？》那首诗，大家都觉得效果很好。这首诗够长的，看了起来也许会觉得啰嗦罢。可是朗诵诗也有时候看来很短，像标语口号，不够诗味儿，放在时间里又怎么样呢？我想还是成，就因为像标语口号才成；标语口号就是短小精悍才得劲儿。不过这种短小的诗，朗诵的时候得多多地顿挫，来占取时间，发挥那一词一语里含蓄着的力量。请看田间先生这一首《鞋子》：

　　回去，
　　　告诉你的女人：

　　要大家
　　　来做鞋子。

　　像战士脚上穿的
　　　结实而大。

　　好翻山呀，
　　　好打仗呀。

　　诗行的短正表示顿挫的多。这些都是专供朗诵的诗。有些诗并非专供朗诵，却也适于朗诵，那就得靠朗诵的经验去选择。例如上文说过的庄涌先生的《我的实业计划》，也整齐，也参差，看起来也不长，自然而完整，听起来更得劲儿。这种看和听的一致，似乎是不常有的例子。艾青先生的《大堰河》主要的是对话，看起来似乎长些，可是闻先生朗诵起来，特别是那末尾几行的低抑的声调，能够表达出看的时候看不出的一些情感，这就不觉得长而成为一首自然而完整的诗。朗诵诗还要求严肃、行动与工作。所以用熟滑的民间形式来写，往往显得轻浮，效果也就不大。这里想到孔子曾以"无邪"论诗，强调诗的政教作用；那"无邪"就是严肃，政教作用就是效果，也就是"行事"或者工作。不过他那时以士大夫的"行事"或者工作为目标，现代是以不幸的大众的行动或者工作为目标，这是不同的。

就在北大那回诗歌晚会散场之后，有一位朋友和笔者讨论。他承认朗诵诗的效用，但是觉得这也许只是当前这个时代需要的诗，不像别种诗可以永久存在下去。笔者却以为配合着工业化，生活的集体化恐怕是自然的趋势。美国诗人麦克里希在《诗与公众世界》一文（1939）里指出，现在"私有世界"和"公众世界"已经渐渐打通，政治生活已经变成私人生活的部分；那就是说私人生活是不能脱离政治的。集体化似乎不会限于这个动乱的时代，这趋势将要延续下去，发展下去，虽然在各时代各地域的方式也许不一样。那么，朗诵诗也会跟着延续下去，发展下去，存在下去，——正和杂文一样。美国也已经有了朗诵诗，1944年出的达文鲍特的《我的国家》（有杨周翰先生译本）那首长诗，就专为朗诵而作；那里面强调"一切人是一个人","此处的自由就是各处的自由",这就是威尔基所鼓吹的"四海一家"。照这样看,朗诵诗的独立的地位该是稳定了的。但是有些人似乎还要进一步给它争取独占的地位,那就是只让朗诵诗存在,只认朗诵诗是诗。笔者却不能够赞成这种"罢黜百家"的作风;即使会有这一个时期,相信诗国终于不会那么狭小的。

(《观察》)

美国的朗诵诗

前些日子有一位朋友来谈起朗诵诗。他说朗诵诗该是特别为朗诵而作的诗。一般的诗有些或许也能朗诵，但是多数只为了阅读，朗诵起来人家听不懂；将原诗写出来或印出来，让人家一面看一面听，有些人可以懂，但大众还是不成。而朗诵诗原是要诉诸大众的，所以得特别写作——题材、语汇、声调，都得经过一番特别的选择。近来读到《纽约时报·书评》（1944年10月22日）里多那德·亚丹的《书话》，论及广播诗剧的发展，说这种诗剧总要教广大的听众听得懂；这也许会影响一般印刷的诗，教作者多注重声调，少注重形象。他说形象往往太复杂，并且往往太个人的，而听的时候耳朵是不能停下细想的。但他并不主张消灭印刷的诗，他觉得两者可以并存。广播自然是朗诵，在我国也试过多次。合看这两段话，可以明了朗诵诗的发展是一般趋势，也可以明了朗诵诗发展的道路。

亚丹的话不错，罗素·惠勒·达文鲍特（Rusell W. Davenport）的长诗《我的国家》便是证据。这篇印刷的诗是准备朗诵的。据美国《时代周刊》（1944年10月30日）的记载，去年9月间一个晚上，纽约曼哈顿地方有一个读诗盛会，到场的四十人都是出版家、编辑人、批评家、诗人，以及一些爱诗的人，他们听达文鲍特第一次正式读他多少年来的第一篇诗《我的国家》这篇六十二面的长诗。达文鲍特始终能够抓住他的听众，他的诗无疑地对这些第一回的听者发生了效用。大家有一个很深的印象，觉得这篇诗是企图用美国民众的普通语言，将诗带回给民众，让他们懂。——《生活》杂志（1944年11月27日）说这诗集出版是在10月。

达文鲍特今年四十五岁，是一家钢铁公司副经理的儿子，在第一次世界大战里得过两回十字勋章。他作过十年诗；后来加入新闻界，却十四年没有作诗。所以说《我的国家》是他多少年来的第一篇诗。他做过《幸运》杂志跟《生活》杂志的编辑，现在离开了新闻界，做一个自由作家。他是威尔基先生的最热心的信徒之一，1940年曾帮助他竞选总统。《纽约时报·书评》（1944年11月5日）有《美国使命的一篇诗》一文，是评《我的国家》的，其中说到威尔基先生相信民主应该负起世界的责任，不然民主便会死亡，相信自由的体系和奴隶的体系不能并存；而达文鲍特将这些观念翻译成诗。文中说人们在这时代正热烈地想着过去的遗产、现在的悲剧、将来的战斗；在这重要关头正需要一种高贵的情感的鼓舞。达文鲍特见到了这里，他的诗"叫我们一面想一面感，叫我们放眼众山顶上，探求心的深处，听取永存的命运的脉搏"。

《我的国家》原书这里还没有见到，只从上文提过的《生活》杂志、《时代周刊》、《纽约时报·书评》里读到一部分，《生活》杂志里是选录，不是引证，最详。下文成段的翻译除一段外，都取材于这里。这里说"本诗是作来朗诵的"。诗中大部分有韵，一部分无韵，一部分用口语。《时代周刊》说本诗谐和易诵，就是口语部分，也有严肃味。下文的翻译用韵与否，全依原诗。全诗开篇称颂美国是自由的家：

> 美国不是安逸的地方。
> 我们不停的从动作产生
> 英雄的壁画和英雄的歌唱。
> 我们还未将精神帝国造成，
> 还没有在坟墓里发射光辉：

但我们这冒险的出汗的子孙，

尊敬迅速、强健、自由和勇气——

这种心，它的思想跟着手走——

这些人，暴怒着解放了奴隶，

征服那处女地，教命运低头。

我们是动的物件的建筑家，

继成那"沙马堪"① 尖塔的成就——

锅炉，钢条，螺旋桨，轮翼，其他，

用来奔，飞，俯冲，听我们命令；

从这当中自由的烈风喧哗。

美国不是休息的国境。

美国人"是动作的，愿望的人"。

然而自由不是那般

秀丽而优雅的情调；

它的发育像战斗一样难，

那么粗鲁，又那么烦躁，

---

① 沙马堪是中亚细亚的古城。

为的参加这时代的实际斗争。

自由，它只是思想高深，

血肉却是"不和"与械斗所造；

这民族心肠硬，本领大：

欺诈，劳工暴动，性，罪行，

大家的意志明敲暗打——

波涛的冲突毁灭了自己；

诡计

    斜睨

      低声的图谋

眨眨眼

    架子上手枪一支；

这些事现眼

    怕人

      人相杀……

自由神可以引起恐惧与怨恨。它产生种种物品（"光亮的机器，可爱的，光亮的，教人难信的机器"），却说不出为什么来。于是乎引起了"否定"的信仰：

我们看见了"无有"：

我们见了它，见了

"无有"——它的面……

听见了它宣布

"怨恨"的新秩序，

那没有神的新秩序。

（本段见《纽约时报·书评》）

人们原来假定进步无穷，而且无苦无难，这一混乱可丧了气。"现在我们知道坏了事，自由害了人。"

说到这里，诗人就问为什么美国伟大的成就不能给她的人民带来精神的和平呢？他于是将美国跟她的战死者对照，要发见他们是为了什么死的？这一章用的是流利的口语。《纽约时报·书评》以为更有诗意。这儿战死者拉里的老师说道：

我不知道他怎么死的；但是我想他

是冲上前去，像在我们纪念球场上一样，

我想他是凭着他那惊人的信心

冲上前去；我想一定是

这样，拿出了他所有的一切：

他是个很大方的孩子。

在我这方面我要说我相信拉里

为一个道理，为一个原因而死，

我相信他为自由而死。

不信他除了敌人还会想到别的

我准知道他若在狐穴里

曾想到自由，那决不是我们

这儿从书里知道的自由。

他想到自由的时候，他想到

你们这班朋友坐在这儿；

他想到我们这城市，我们的生活，

我们的游戏，我们吃的好东西，

我们大家共有的光明的希望；

我不是说他曾想到自由——我

我准知道这是拉里的自由的观念。

这位老师告诉他那些学生，这种自由生活是经过多少艰苦才得来的。他说：

拉里将球传给你们了，别让他吃亏！

接了它！抱紧它！向前进！带着跑！

这就暗示新的信仰产生了。

于是达文鲍特指出美国战士在世界上各处都是为了人类自由的理想而死。他要美国利用那伟大的资源和伟大的才力来达成自由民主的民族的世界集团，所谓"四海一家"。这是替代了那"否定的信仰"的新信仰，从战死者产生：

> 海岸上僵直的白十字架画出
>
> > 永恒的图案。
>
> 睡眠的队伍永远安排在静默里，
> 人们的生命只剩下些号码，
> 异国的风吹到海滩上，抚摸着
> 倒下的远国的人们的儿孙：
> 这儿，自由的意义和真理终于
> 开了封，现在各国人的眼前；
> 这儿，死淹没了种种记忆：
>
> > 迈恩，奈勃拉斯加[1]，

---

[1] 迈恩与奈勃拉斯加都是美国的州名。

沙漠中红印度人的火，有胡子的活橡树，

德克色斯州的风吹草动，

到学校和教堂去的灰土道。

还有，这些也都淹没了，像溪流一般——

牧场，果园，法院，银行，店铺，铁路，工厂，

记忆中的人面，跟分别时热烈的嘴唇，

跟像阳光照在神经上似的手，

跟隔着重洋的人垂在肩上的头发。

这儿，凭着自由的名字一切聚集起来，

种种不联合的目的成功圆满的一家——

一切人都是弟兄，在死的怀抱里；

这些人活着时决没有晓得他们是弟兄。

愿望自由的人们请读这开了封的消息——

你们彼此斗争着的千百万人

请打开坟墓看看从土中

挖起来的自由的秘密：

在血肉的幕后，十字架的底下，

有一个一切人的弟兄；一切人是一个人。

接着是较多的形象化的一段，强调上一段的意思：

就像在夜里，

美国众山上吹起一阵清风，

土地的气味从秘密的地方放出，

雾气罩在山谷上，严肃的群星

聚会着，好像选出的代表

在我们头上代表自由的思想：

就像这样，那些青年人出了坟墓，

回到我们的心里，犹如我们自己的影子；

他们又成了形，有了生命，好像月光

靠着那虬枝怪干的白橡林成了形——

靠着那些小河变了色，像白银一般，

他们重新住到他们不能住的土地上。

这样我们就能在死者的弟兄情分里

看见一切熟悉这土地，爱好这土地的人……

　　这种团结的愿望的象征是美国国旗，"这面旗表出美国是自由的纪念碑"。而这种愿望的根苗是那简单的、和平的美国人家：

　　　　　　　　　　　　　　　　　　　　论雅俗共赏

美国活在她的简单的家屋：

风吹日晒的门扇，古老的紫藤，

雄鸡游走的晒谷场，灰尘仆仆，

榆，橡，松，这些树都习见习闻；

家具为的舒服，不为的好看，

人名无非里克，彼得，加罗林，

靠得住的街坊，靠得住的书刊，

还有，和平，希望，跟机会。

美国将妈妈当作命，她做饭，

透亮的炉子，做她的拿手菜，

和果酱，蛋糕，无数的苹果饼。

美国爸爸是家长，用倦眼来

读星期日的报纸，十分详尽；

美国爱狗，爱孩子们呼啸着

从学校回家；学校是一面镜，

历史上金字塔的影隐约着。

美国总活在这些事物当中，

即使在黑夜，暗香吹着，虫叫着，

平原像漆黑可怕的湖水溶溶，

让美国灯光的明窗围护，

那时人家里的枫树趁着风

耙似的推着明星越夜空西去。

美国孩子不论远向何方

冒险，去死，在她眼不见的地步，

这些无名的照耀着的小窗

总照耀着这不相信的人类；

要教地上一切人民都在想

自由的目的地，那强固的堡垒——

不是和平，不是休息，不是优游——

只是胆敢面对民主的真理：

自由不可限制，要大家都有，

此处的自由就是各处的自由。

"此处的自由就是各处的自由"，是世界主义者的歌。《纽约时报·书评》所谓"美国的使命"也是这意思。

《书评》里说诗人"要将美国的高大的影子，那先锋的影子，林肯的影子，投射到边界外，领海外去"。——说"他明白若不勇敢而大方的鼓吹人们都是弟兄，他自己的地上会长不成花草，他自己的榆树和枫树会遭遇永久的秋天，他自己的屋顶会教最近一次大风雪吹了去，他的炉边会只剩一堆碎石，教他再做不成好梦"。——说这篇诗出现得正是时候，比顿巴吞橡树的建议要美丽些、热烈些。"我们需要战车和重炮，也一样需要诗歌与信仰。一种情感教人的脉跳得像打鼓，教人的眼花得像起雾，也许并不是妇人之仁——也许倒是世界上最有力、最有用的东西。"另一期《周刊》（1944年12月18日）却嫌诗里有过火的地方。那儿说《我的国家》已经印了三万本，就诗集而论，实在是惊人的数目。

（《时与潮文艺》）

常识的诗

近来读到美国多罗色·巴克尔夫人（Dorothy Parker）的诗文选集，1944年出版，我特别注意她的诗。这集子有英国老小说家兼戏剧家毛姆（W. Somerset Maugham）给作的导言。导言中说她的常识使她的诗有独具的、特殊的风味，说靠着常识我们才能容忍这不定的、无理的、粗糙的、短暂的生活，并且觉得有意思。说"她无论怎样抒写自己，无论怎样高飞远举，她总用常识的金链子下锚在这悬空的世界里"。这就是说她的眼不但看着自己，并且老在看着别人。她对生活中的小事物发生情感；小事物在生活过程里正也占着重要的部分。她的诗反映着她自己，她的多样而完整的人格——她的苦痛、她的欢笑、她的温柔、她的美感、她的粗鄙、她的常识。毛姆说"这种种情性，我们大家也都有，僧正和老政治家例外；但她的更高明，更集中。所以读她一首诗就像倒拿着望远镜看她"，那么远，那么小，可又那么清朗。

她的诗的清朗是独具的、特殊的。诗都短，寥寥的几句日常的语言，简直像会话。所以容易懂，不像一般近代诗要去苦思。诗都有格律，可是读来不觉，只觉自然如话。这个"自然"是从锤琢中来，见得技术的完整。短而完整是她的诗，所以幽默有深味。有深味也有深愁，可是她看开了，所以读起来倒只觉得新鲜似的。你也许会说她是玩世派，你也许会说玩世派哼鼻子、抽肩膀，跟伤感派抹眼泪、揩鼻涕一样，都只取快一时，过了就算了。可是巴克尔夫人似乎不只冷眼旁观，她也认真地从小事物里触着了这时代的运命。导言里记下她送给毛姆的一首诗：

> 我的白母鸡糊涂惯；
> 她老给绅士们生蛋。
> 你不能用绳用枪去威逼
> 她过来供给无产阶级。

指的是毛姆，也有几分自道罢？总而言之，她于幽默的比喻中认真地触着了这时代的问题了。在这时代，早也罢，晚也罢，谁也得触着这问题的。

这里选择她的诗十一首，以见一斑。七首载在《足够的绳子》一卷中，四首载在《落日炮》一卷中；有些可以说是她的两性观，有些可以说是她的人生观。译文照原作用韵：

或人的歌

　　　　这是我的誓愿：

　　他会将我的心占有保持；

　　我们会甜蜜的翻身而睡，

　　　　年年岁岁一般。

　　计时的沙漏会迅速漏沙，

　　爱情却不会和沙子并家；

　　他也就是我，我也就是他：

　　　　这是我的誓愿。

　　　　这是我的祈祷：

　　教他长是在我身边温存；

　　教他想起我来得意忘形，

　　　　日日这般到老；

　　教我忘记了旧时的困苦；

　　让我，为求取我们的幸福，

我的爱要比起他的不如：

　　　这是我的祈祷。

　　　这是我的心得：

情人的誓言淡得像雨水；

爱情是苦痛的先驱护卫——

　　　但愿所言不实！

我的心永远是如饥如渴，

我的爱永远是如怨如慕；

他这样负心人不止一个：

　　　这是我的心得。

总账

　　剃刀教你们伤脸；

　　河水沾衣濡足；

　　酸类给你们留瘢；

　　药物抽筋张脉。

　　枪弹不懂规矩；

　　圈套在开着等人；

煤气刺鼻欲吐；

你们还照样生存。

老兵

想当年我年轻，勇敢，强壮，

是就是，非就非，丝毫不让！

我羽毛飘举，我旗帜展开，

我骑马游行，矫正这世界。

"你们一群狗，出来，打！"我说，

可惜人只能死一回，我哭。

但我老了；好事坏事无数

混乱的织成功一幅花布。

我坐下说，"世界就是这般；

听其自然，才是聪明独擅。

胜一场，败一场，兵家常事，

好孩子，这中间很少差异。"

惰性勒住我，还在播弄我；

这玩艺儿，据人说就叫哲学。

某女士

啊，我能为你笑，偏着头颈，

　　热烈的吞咽你的话如风，

我能为你涂芬芳的红唇，

　　用熟练的指尖摸你眉峰。

你演述你的恋爱史给我，

　　啊，我大笑称奇，出眼水，

你也大笑，你却不能看出

　　我的心小死了几千百次。

你会相信，我也知道我像

　　愉快的清晨，白雪的照耀；

我心里一切的挣扎来往，

　　你决不会知道。

啊，我遇见你，能欢笑静听，

　　你带来新鲜的探险逸话——

说那不检点的微妙女人，

　　说那手的温存，耳语唧喳。

你高兴我，放开喉咙用力

常识的诗 ／ 079

高唱你新相知的叙事歌。

你就要我——惊奇，愉快，老实，

　　却看不出我的眼像星河。

等到你找新知去而不回，

　　啊，我能吻你，一般的热闹。

我爱，你去后我有何更改，

　　你决不会知道。

观察

如果我不绕着公园跑车，

我准知道可以做些工夫。

如果我每晚十点钟上床，

我可以恢复旧日的容光。

如果我不去玩儿什么的，

我大概已经有了点样子；

可是我就爱上现在这般，

因为我看来一切不相干。

两性观

女人要一夫一妻；

男人偏喜欢新奇。

爱情是女人的日月；

男人有别样的花色。

女人跟她丈夫过一生；

男人数上十下就头疼。

总起来说既这般如此，

天下还会有什么好事？

卧室铭

破了晓又是一天；

我得起来了些愿，

虽然穿衣、吃喝，

也在动手动脚，

东学几分，西学几分，

有哭有笑，出力，骂人，

听个歌，看回戏，

纸上写几个字，

认仇人不然交朋友——

到了儿却教床等我。

虽然自尊也自振，

回床却好像宿命。

虽然忧思徘徊，

床却不得不归。

不论扬眉是低首，

日子都归到床头。

起来，出去，前行。

总非回床不成，

春夏秋冬这四季——

起来简直是傻气！

不治之症

如果我的心着火受了伤，

这倒安全些，凭经验估量；

也会平静些，要是我相信

恋爱的道路决不会翻新——

你的恋爱教你痴呆糊涂，

其实热爱向来依样葫芦；

我会快乐些，要是用心看

一个吻正和别个吻一般。

矢口的誓辞，悦耳的名号，

当年海伦走就用这一套；

沉重的心胸，折磨的忧郁，

当年法盎逃也是这一局。

唉唉，虽然惨，可一点不假，

天下的男人他们是一家；

哪有女孩子敢这样开口

叫她的爱人和她长相守？

虽然试他时他鼓起勇气，

说如果变心就不得好死，

他依然像别个有始无终。

可是你，我的人，与众不同。

圣地

我的地方没有人饶舌可嫌；

　　低低的云挨着那山腰，

空气甜新，带着黑烟舒卷，

那些烧着的是我的桥。

苹果树

头回我们看见这苹果树

枝条濯濯，直而发灰；
可是我们简直无忧无虑，
    虽然春天姗姗其来。
末后我和这棵树分了手，
    枝条挂着果实沉沉；
可是我更无余力哀愁
夏天的死，年纪轻轻。

中夜

星星近得像花，也软得像花，
    众山如网，用影子缓缓织成；
这里没有片叶片草分了家——
    一切合为一份。

月明无限，太空不分家，蓝光
    宝石般懒懒滚转，悠然而息。
这整夜无一物有刺有芒，
    除开我的心迹。

（《文聚》，三十四年）

诗与话

胡适之先生说过宋诗的好处在"作诗如说话"，他开创白话诗，就是要更进一步地做到"作诗如说话"。这"作诗如说话"大概就是说，诗要明白如话。这一步胡先生自己是做到了，初期的白话诗人也多多少少地做到了。可是后来的白话诗越来越不像说话，到了受英美近代诗的影响的作品而达到极度。于是有朗诵诗运动，重新强调诗要明白如话，朗诵出来大家懂。不过胡先生说的"如说话"，只是看起来如此，朗诵诗也只是又进了一步做到朗诵起来像说话，都还不像日常嘴里说的话。陆志韦先生却要诗说出来像日常嘴里说的话。他的《再谈谈白话诗的用韵》（见燕京大学新诗社主编的《创世曲》）的末尾说：

　　我最希望的，写白话诗的人先说白话，写白话，研究白话。写的是不是诗倒还在其次。

这篇文章开头就提到他的《杂样的五拍诗》，那发表在《文学杂志》二卷四期里，是用北平话写出的。要像日常嘴里说的话，自然非用一种方言不可。陆先生选了北平话，是因为赵元任先生说过"北平话的重音的配备最像英文不过"，而"五拍诗"也就是"无韵体"，陆先生是"要模仿莎士比亚的神韵"。

陆先生是最早的系统地试验白话诗的音节的诗人，试验的结果有本诗叫做《渡河》，出版在民国十二年。记得那时他已经在试验无韵体了。以后有意的试验种种西洋诗体的，要数徐志摩和卞之琳两位先生。这里要特别提出徐先生，他用北平话写了好些无韵体的诗，大概真的在模仿莎士比亚，在笔者看来是相当成功的，又用北平话写了好些别的诗，也够味儿。他的散文也在掺用着北平话。他是浙江硖石人，集子里有硖石方言的诗，够道地的。他笔底下的北平话也许没有本乡话道地，不过活泼自然，而不难懂。他的北平话大概像陆先生在《用韵》那篇文里说的，"是跟老百姓学"的，可是学的只是说话的腔调，他说的多半还是知识分子自己的话。陆先生的五拍诗里的北平话，更看得出"是跟老百姓学"的，因为用的老百姓的词汇更多，更道地了。可是他说的更只是自己的话。他的五拍诗限定六行，与无韵体究竟不一样。这"是用国语写的"，"得用国语来念"，陆先生并且"把重音圈出来"，指示读者该怎样念。这一点也许算得是在"模仿莎士比亚"的无韵体罢。可是这二十三首诗，每首像一个七巧图，明明是英美近代诗的作风，说是模仿近代诗的神韵，也许更确切些。

近代诗的七巧图，在作者固然费心思，读者更得费心思，所以"晦涩"是免不了的。陆先生这些诗虽然用着老百姓的北平话的腔调，甚至有些词汇也是老百姓的，可并不能够明白如话，更不像日常嘴里说的话。他在《用韵》那篇文里说"罚咒以后不再写那样的诗"，"因为太难写"，在《杂样的五拍诗》的引言里又说"有几首意义晦涩"，于是他"加上一点注解"。这些都是老实话。但是注解究竟不是办法。他又说"经验隔断，哪能引起共鸣"。这是晦涩的真正原因。他又在《用韵》里说：

　　中国的所谓新人物，依然是老脾气。哪怕连《千家诗》、《唐诗三百首》都没有见过的人，一说起这东西是"诗"，就得哼哼。一哼就把真正的白话诗哼毁了。

"真正的白话诗"是要"念"或说的。我们知道陆先生是最早的系统地试验白话诗的音节的诗人，又是音乐鉴赏家，又是音韵学家，他特别强调那"念"的"真正的白话诗"，是可以了解的；就因为这些条件，他的二十三首五拍诗，的确创造了一种"真正的白话诗"。可是他说"不会写大众诗"，"经验隔断，哪能引起共鸣"，也是真的。

用老百姓说话的腔调来写作，要轻松不难，要活泼自然，也不太难，要沉着却难；加上老百姓的词汇，要沉着更难。陆先生的五拍诗能够达到沉着的地步，的确算得是奇作。笔者自己很爱念这些诗，已经念过好几遍，还乐意念下去，念起来真够味。笔者多多少少分有陆先生的经验，虽然不敢说完全懂得这些诗，却能够从那自然而沉着的腔调里感到亲切。这些诗所说的，在笔者看来，可以说是爱自由的知识分子的悲哀。我们且来念念这些诗。开宗明义是这一首：

是一件百家衣，矮窗上的纸

苇子秆上稀稀拉拉的雪

松香琥珀的灯光为什么凄凉？

几千年，几万年，隔这一层薄纸

天气温和点，还有人认识我

父母生我在没落的书香门第

有一条注解：

> 一辈子没有种过地，也没有收过租，只挨着人家碗边
> 上吃这一口饭。我小的时候，乡下人吃白米，豆腐，青
> 菜，养几只猪，一大窝鸡。现在吃糠，享四大皆空自由。
> 老觉得这口饭是赊来吃的。

诗里的"百家衣"，就是"这口饭是赊来吃的"。纸糊
在"苇子秆"上，矮矮的窗，雪落在窗上，屋里是黄黄的油灯
光。读书人为什么这样"凄凉"呢？他老在屋里跟街上人和乡
下人隔着；出来了，人家也还看待他是特殊的一类人。他孤
单，他寂寞，他是在命定的"没落"了。这够多"凄凉"呢！

但是他并非忘怀那些比自己苦的人。请念第十九首：

> 在乡下，我们把肚子贴在地上
> 糊涂的天就压在我们的背上
> 老呱说："天你怎么那么高呀？"
> 抬头一看，他果然比树还高

树上有山头，山头上还有树

　　老天爷，多给点儿好吃吃的吧。

这一首没有注解，确也比较好懂。"肚子贴在地上"是饿瘪
了，"天高皇帝远"，谁来管你！但是还只有求告"老天
爷"多给点儿吃的！——北平话似乎不说"好吃吃的"，"好
吃的"也跟"吃的"不同。读书人，知识分子，也想到改革
上，这是第三首：

　　明天到哪儿？大路的尽头在哪儿？

　　这一排杨树，空心的，腆着肚子，

　　扬起破烂的衣袖，把路遮断啦

　　纸灯儿摇摆，小驴儿，咦，拐弯啦。

　　黑朦朦的踏着癞蛤蟆求婚的拍子

　　走到岔路上，大车呢，许是往西啦

注解是：

　　十年前，卢沟桥还没有听到枪声，我仿佛已经想到现

　　在的局面。在民族求生存的途径上，我宁愿像老戆赶大

　　　　　　　　　　　　　　　　论雅俗共赏

车，不开坦克车。

诗里"明天"和"大路"自然就是"民族求生存的途径"，"把路遮断"的"一排杨树"大概是在阻碍着改革的那些家伙罢。"纸灯儿"，黑暗里一点光明；"小驴儿"拐弯抹角地慢慢地走着夜路，"癞蛤蟆想吃天鹅肉"，"知其不可而为之"，大概会跟着"大车""往西"的，"往西"就是西化。"往西"是西化，得看注解才想得到，单靠诗里的那个"西"字的暗示是不够的。这首诗似乎只说到个人的自由的努力；但是诗里念不出那"宁愿"的味儿。个人的自由的努力的最高峰是"创造"。第六首的后三行是：

> 脚底下的地要跳，像水煮开啦
> 鱼刚出水，毒龙刚醒来抖擞
> 活火的刀山上跳舞，我要创造

注解里引易卜生的话，"在美里死"。陆先生慨叹着"书香门第"的自己，慨叹着"乡下"的人，讥刺着"帮闲的"，怜惜着"孩子"，终于强调个人的"创造"，这是"明天"的"大路"。这条"路"也许就是将"大众"的和他"经验隔断"的罢?

　　《杂样的五拍诗》正是"创造","创造"了一种"真正的白话诗"。照陆先生自己声明的而论，他是成功了的。但是在一般的读者，这些诗恐怕是晦涩难懂的多；即使看了注解，恐怕还是不成罢。"难写"，不错，这比别的近代作风的诗更难，因为要巧妙地运用老百姓的腔调。但是麻烦的还在难懂。当然这些诗可以诉诸少数人，可是"跟老百姓学"而只诉诸少数人，似乎又是矛盾。这里"经验隔断"说明了一切。现在是有了不容忽视的"大众"，"大众"的经验跟个人的是两样。什么是"大众诗"，我们虽然还不知道，但是似乎已经在试验中，在创造中。大概还是得"作诗如说话"，就是明白如话。不过倒不必像一种方言，因为方言的词汇和调子实在不够用；明白如话的"话"该比嘴里说的丰富些，而且该不断地丰富起来。这就是已经在"大众"里成长的"活的语言"；比起这种话来，方言就显得呆板了。至于陆先生在《用韵》那篇文里说的轻重音、韵的通押、押韵形式、句尾韵等，是还值得大家参考运用的。

　　　　　　　　　　　　　（北平《华北日报》文学副刊）

歌谣里的重叠

歌谣以重叠为生命，脚韵只是重叠的一种方式。从史的发展上看，歌谣原只要重叠，这重叠并不一定是脚韵；那就是说，歌谣并不一定要用韵。韵大概是后起的，是重叠的简化。现在的歌谣有又用韵又用别种重叠的，更可见出重叠的重要来。重叠为了强调，也为了记忆。顾颉刚先生说过：

> 对山歌因问作答，非复沓不可。……儿歌注重于说话的练习，事物的记忆与滑稽的趣味，所以也有复沓的需要。（《论〈诗经〉所录全为乐歌》上）

"复沓"就是重叠。说"对山歌因问作答，非复沓不可"，是说重叠由于合唱；当然，合唱不止于对山歌。这可说是为了强调。说"儿歌注重于说话的练习，事物的记忆……也有复沓的需要"，是为了记忆；但是这也不限于儿歌。至于滑稽的趣味，似乎与重叠无关，绕口令或拗口令里的滑稽的趣味，是从词语的意义和声音来的，不是从重叠来的。

现在举几首近代的歌谣为例，意在欣赏，但是同时也在表示重叠的作用。美国何德兰的《孺子歌图》（收录的以北平儿歌为主）里有一首《足五趾歌》：

> 这个小牛儿吃草。
>
> 这个小牛儿吃料。
>
> 这个小牛儿喝水儿。
>
> 这个小牛儿打滚儿。
>
> 这个小牛儿竟卧着，
>
> 我们打他。

这是一首游戏歌，一面念，一面用手指点着，末了儿还打一下。这首歌的完整全靠重叠，没有韵。将五个足趾当做五个"小牛儿"，末一个不做事，懒卧着，所以打他。这是变化。同书另一首歌：

> 玲珑塔，

塔玲珑，

玲珑宝塔十三层。

这首歌主要的是"玲珑"一个词。前两行是颠倒的重叠，后一行还是重叠前两行，但是颠倒了"玲珑"这个词，又加上了"宝"和"十三层"两个词语，将句子伸长，其实还只是"玲珑"的意思。这些都是变化。这首歌据说现在还在游艺场里唱着，可是编得很长很复杂了。

邱峻先生辑的《情歌唱答》里有两首对山歌，是客家话：

女唱：

一日晤见涯心肝，

晤见心肝心不安。

晤见心肝心肝脱，

一见心肝脱心肝。

男答：

闲来么事想心肝，

紧想心肝紧不安。

我想心肝心肝想，

正是心肝想心肝。

两首全篇各自重叠，又彼此重叠，强调的是"心肝"，就是情人。还有北京大学印的《歌谣纪念增刊》里有刘达九先生记的四川的两首对山歌，是两个牧童在赛唱：

唱：

你的山歌没得我的山歌多，

我的山歌几箩篼。

箩篼底下几个洞，

唱的没得漏的多。

答：

你的山歌没得我的山歌多，

我的山歌牛毛多。

唱了三年三个月，

还没有唱完牛耳朵。

两首的头两句各自重叠，又彼此重叠，各自夸各自的"山歌多"；比喻都是本地风光，活泼，新鲜，有趣味。重叠的方式多得很，这里只算是"牛耳朵"罢了。

（北平《华北日报》俗文学副刊）

中国文的三种型

——评郭绍虞编著的《语文通论》与《学文示例》

（开明书店版）

这两部书出版虽然已经有好几年，但是抗战结束后我们才见到前一部书和后一部书的下册，所以还算是新书。《语文通论》收集关于语文的文章九篇，著者当做《学文示例》的序。《学文示例》虽然题为"大学国文教本"，却与一般国文教本大不相同。前一部书里讨论到中国语文的特性和演变，对于现阶段的白话诗文的发展关系很大，后一部虽然未必是适用的教本，却也是很有用的参考书。

《语文通论》里《中国语词之弹性作用》、《中国文字型与语言型的文学之演变》、《新文艺运动应走的新途径》、《新诗的前途》，这四篇是中心。《文笔再辨》分析"六朝"时代的文学的意念，精详确切，但是和现阶段的发展关系比较少。这里讨论，以那中心的四篇为主。郭先生的课题可以说有三个：一是语词，二是文体，三是音节。语词包括单音词和连语。郭先生"觉得中国语词的流动性很大，可以为单音同时也可以为复音，随宜而施，初无一定，这即是我们所谓弹性作用"（二面）。他分"语词伸缩"、"语词分合"、"语词变化"、"语词颠倒"四项，举例证明这种弹性作用。那些例子丰富而显明，足够证明他的理论。笔者尤其注意所谓"单音语词演化为复音的倾向"（四面）。笔者觉得中国语还是单音为主，先有单音词，后来才一部分"演化为复音"，商朝的卜辞里绝少连语，可以为证。但是这种复音化的倾向开始很早，卜辞里连语虽然不多，却已经有"往来"一类连语或词。《诗经》里更有了大量的叠字词与双声叠韵词。连语似乎以叠字与双声叠韵为最多，和六书里以形声字为最多相似。笔者颇疑心双声叠韵词本来只是单音词的延长。声的延长成为双声，如《说文》只有"蟋"字，后来却成为"蟋蟀"；韵的延长成为叠韵，如"逍遥"，也许本来只说"消"一个音。书中所举的"玄黄"、"犹与"等双声连语可以自由分用（二三面），似乎就是从这种情形来的。

但是复音化的语词似乎限于物名和形况字，这些我们现在称为名词、形容词和副词；还有后世的代词和联结词（词类名称，用王了一先生在《中国现代语法》里所定的）。别的如动

　　　　　　　　　　　　　论雅俗共赏

词等，却很少复音化的。这个现象的原因还待研究，但是已经可以见出中国语还是单音为主。本书说"复音语词以二字连缀者为最多，其次则三字四字"（三面）。双声叠韵词就都是"二字连缀"的。三字连缀似乎该以上一下二为通例。书中举《离骚》的"忳郁邑余侘傺兮"，并指出"忳与郁邑同义"（一八面），正是这种通例。这种复音语词《楚辞》里才见，也最多，似乎原是楚语。后来五七言诗里常用它。我们现在的口语里也还用着它，如"乱哄哄"之类。四字连缀以上二下二为主，书里举的马融的《长笛赋》"安翔骀荡，从容阐缓"等，虽然都是两个连语合成，但是这些合成的连语，意义都相近或相同，合成之后差不多成了一个连语。书里指出"辞赋中颇多此种手法"（二〇面），笔者颇疑心这是辞赋家在用着当时口语。现代口语里也还有跟这些相近的，如"死气白赖"、"慢条斯理"之类。不过就整个中国语看，究竟是单音为主，二音连语为辅，三四音的语词只是点缀罢了。

郭先生将中国文体分为三个典型，就是"文字型，语言型，与文字化的语言型"（六六面）。他根据文体的典型的演变划分中国文学史的时代。"春秋"以前为诗乐时代，"这是语言与文字比较接近的时代"。文字"组织不必尽同于口头的语言"，却还是"经过改造的口语"；"虽与习常所说的不必尽同，然仍是人人所共晓的语言"。这时代的文学是"近于语言型的文学"（六八—六九面）。古代言文的分合，主张不一；这里说的似乎最近情理。战国至两汉为辞赋时代，这是"渐离语言型而从文字型演进的时代，同时也可称是语言文字分离的时代"。郭先生说：

> 这是中国文学史上一个极重要的时代，因为是语文变化最显著的时代。此种变化，分为两途：其一，是本于以前寡其词协其音，改造语言的倾向以逐渐进行，终于发见单音文字的特点，于是在文学中发挥文字之特长，以完成辞赋的体制，使文学逐渐走上文字型的途径；于是始与语言型的文学不相一致。其又一，是借统一文字以统一语言，易言之，即借古语以统一今语，于是其结果成为以古语为文辞，而语体与文言遂趋于分途。前一种确定所谓骈文的体制，以司马相如的功绩为多；后一种又确定所谓古文的体制，以司马迁的功绩为多。（六九—七〇面）

"以古语为文辞，即所谓文字化的语言型"（七一面）。这里指出两路的变化，的确是极扼要的。魏晋南北朝是骈文时代，"这才是充分发挥文字特点的时代"，"是以文字为工具

论雅俗共赏

而演进的时代"（七二面）。

"文字型的文学既演进到极端，于是起一个反动而成为古文时代"，隋唐至北宋为古文时代。书中说这是"托古的革新"。"古文古诗是准语体的文学，与骈文律诗之纯粹利用文字的特点者不同"。南宋至现代为语体时代，"充分发挥语言的特点"，"语录体的流行，小说戏曲的发展，都在这一个时代，甚且方言的文学亦以此时为盛"。这"也可说是文学以语言为工具而演进的时代"（七三—七四面）。语体时代从南宋算起，确是郭先生的特见。他觉得：

> 有些文学史之重在文言文方面者，每忽视小说与戏曲的地位；而其偏重在白话文方面者，又抹煞了辞赋与骈文的价值。前者之误，在以文言的余波为主潮；后者之误，又在强以白话的伏流为主潮。（七四面）

这是公道的评论。他又说"中国文学的遗产自有可以接受的地方（辞赋与骈文），不得仅以文字的游戏视之"，而"现在的白话文过度的欧化也有可以商榷的地方，至少也应带些土气息，合些大众的脾胃"。他要白话文"做到不是哑巴的文学"（七五面）。书中不止一回提到这两点，很是强调，归结可以说是在音节的课题上。他以为"运用音节的词，又可以限制句式之过度欧化"（一一二面），这样"才能使白话文显其应用性"（一一七面）。他希望白话文"早从文艺的路走上应用的路"，"代替文言文应用的能力"，并"顾到通俗教育之推行"（八九面）。笔者也愿意强调白话文"走上应用的路"。但是郭先生在本书自序的末了说：

> 我以为施于平民教育，则以纯粹口语为宜；用于大学的国文教学，则不妨参用文言文的长处；若是纯文艺的作品，那么即使稍偏欧化也未为不可。（自序四面）

这篇序写在三十年。照现在的趋势看，白话文似乎已经减少了欧化而趋向口语，就是郭先生说的"活语言"、"真语言"（一〇九面），文言的成分是少而又少了。那么，这种辨别雅俗的三分法，似乎是并不需要的。

郭先生特别强调"中国文学的音乐性"，同意一般人的见解，以为欧化的白话文是"哑巴文学"。他对中国文学的音乐性是确有所见的。书中指出古人作文不知道标点分段，所以只有在音节上求得句读和段落的分明；骈文和古文甚至戏剧里的道白和语录都如此，骈文的匀整和对偶，古文句子的短，主要的都是为了达成这个目的。而这种句读和段落的分明，是从诵读中觉出（三八—三九面，又自序二—三面）。但是照晋朝以来的记载，如《世说新语》等，我们知道诵读又是一种享受，是代替唱歌的。郭先生虽没有明说，显然也分到这种情感。他在本书自序里主张"于文言取其音节，于白话取其气势，而音节也正所以为气势之助"（三面），这就是"参用文言文的长处"。书中称赞小品散文，不反对所谓"语录体"，正因为"文言白话无所不可"（一〇四—一〇八面），又主张白话诗"容纳旧诗词而仍成新格"（一三二面），都是所谓"参用文言文的长处"。但是小品文和语录体都过去了，白话诗、白话文也已经不是"哑巴文学"了。自序中说"于白话取其气势"，在笔者看来，气势不是别的，就是音节，不过不是骈文的铿锵和古文的吞吐作态罢了。朗诵的发展使我们认识白话的音节，并且渐渐知道如何将音节和意义配合起来，达成完整的表现。现在的青年代已经能够直接从自己唱和大家唱里享受音乐，他们将音乐和语言分开，让语言更能尽它的职责，这是一种进步。至于文言，如书中说的，骈文"难懂"，古文"只适宜于表达简单的意义"（三九面）；"在通篇的组织上，又自有比较固定的方法，遂也不易容纳复杂的思想"（自序三面）。而古诗可以用古文做标准，律诗可以用骈文做标准。那么，文言的终于被扬弃，恐怕也是必然的罢。

《语文通论》里有一篇道地的《学文示例·序》，说这部书"以技巧训练为主而以思想训练为辅"，"重在文学之训练"，兼选文言和白话，散文和韵文，"其编制以例为纲而不以体分类"，"示人以行文之变化"（一四五——一四九面）。全书共分五例：

一、评改例，分摘谬、修正二目，其要在去文章之病……二、拟袭例，分模拟、借袭二目，模拟重在规范体貌，借袭重在点窜成言，故又为根据旧作以成新制之例。三、变翻例，分译辞、翻体二目，或迻译古语，或概括成文，这又是改变旧作以成新制之例。四、申驳例，分续广、驳难二目，续广以申前文未尽之意，驳难以正昔人未惬之见，这又重在立意方面，是补正旧作以成新制之例。五、熔裁例，此则为学文最后工夫，是模拟而异其形迹，出因袭而自生变化，或同一题材而异其结构，或异其题材而合其神情……这又是比较旧作以启迪新知之例。（一四九——一五○面）

郭先生编《学文示例》这部书，搜采的范围很博，选择的作品很精，类列的体例很严，值得我们佩服。书中白话的例极少，这是限于现有的材料，倒不是郭先生一定要偏重文言；不过结果却成了以训练文言为主。所选的例子大多数出于大家和名家之手，精诚然是精，可是给一般大学生"示例"，要他们从这里学习文言的技巧，恐怕是太高太难了。至于现在的大学生有几个乐意学习这种文言的，姑且可以不论。不过这部书确是"一种新的编制，新的方法"，如郭先生序里说的。近代陈曾则先生编有《古文比》，选录同体的和同题的作品，并略有评语。这还是"班马异同评"一类书的老套子，不免简单些。战前郑奠先生在北京大学任教，编出《文镜》的目录，同题之外，更分别体制，并加上评改一类，但是也不及本书的完备与变化。这《学文示例》确是一部独创的书。若是用来启发人们对于古文学的欣赏的兴趣，并培养他们欣赏的能力，这是很有用的一部参考书。

（《清华学报》）

禅家的语言

我们知道禅家是"离言说"的，他们要将嘴挂在墙上。但是禅家却最能够活用语言。正像道家以及后来的清谈家一样，他们都否定语言，可是都能识得语言的弹性，把握着，运用着，达成他们的活泼无碍的说教。不过道家以及清谈家只说到"得意忘言"，"言不尽意"，还只是部分的否定语言，禅家却彻底地否定了它。《古尊宿语录》卷二记百丈怀海禅师答僧问"祖宗密语"说：

> 无有密语，如来无有秘密藏。……但有语句，尽属法之尘垢。但有语句，尽属烦恼边收。但有语句，尽属不了义教。但有语句，尽不许也，了义教俱非也。更讨什么密语！

这里完全否定了语句，可是同卷又记着他的话：

> 但是一切言教只如治病，为病不同，药亦不同。所以有时说有佛，有时说无佛。实语治病，病若得瘥，个个是实语，病若不瘥，个个是虚妄语。实语是虚妄语，生见故。虚妄是实语，断众生颠倒故。为病是虚妄，只有虚妄药相治。

又说：

> 世间譬喻是顺喻，不了义教是顺喻。了义教是逆喻，舍头目髓脑是逆喻，如今不爱佛菩提等法是逆喻。

虚实顺逆却都是活用语言。否定是站在语言的高头，活用是站在语言的中间；层次不同，说不到矛盾。明白了这个道理，才知道如何活用语言。

北平《世间解》月刊第五期上有顾随先生的《揣龠录》，第五节题为《不是不是》，中间提到"如何是（达摩）祖师西来意"一问，提到许多答语，说只是些"不是，不是！"这确是一语道着，斩断葛藤。但是"不是，不是！"

也有各色各样。顾先生提到赵州和尚，这里且看看他的一手。《古尊宿语录》卷十三记学人问他：

> 问："如何是赵州一句？"
> 师云："半句也无。"
> 学云："岂无和尚在？"
> 师云："老僧不是一句。"

卷十四又记：

> 问："如何是一句？"
> 师云："道什么？"
> 问："如何是一句？"
> 师云："两句。"

同卷还有：

> 问："如何是目前一句？"
> 师云："老僧不如你！"

论雅俗共赏

这都是在否定"一句","一句""密语"。第一个答语，否定自明。第二次答"两句"，"两句"不是"一句"，牛头不对马嘴，还是个否定。第三个答语似乎更不相干，却在说：不知道，没有"目前一句"，你要，你自己悟去。

同样，他否定了"祖师西来意"那问语。同书卷十三记学人问"如何是祖师西来意"？

师云："庭前柏树子。"

卷十四记着同一问语：

师云："床脚是。"
云："莫便是也无？"（就是这个吗？）
师云："是即脱取去。"（是就拿下带了去。）

还有一次答话：

师云："东壁上挂葫芦，多少时也！"

"即心即佛"，"非心非佛"，"祖师西来意"是不可说的。这里却说了，说得很具体。但是"柏树子"、"床脚"、"葫芦"，这些用来指点的眼前景物。可以说都和"西来意"了不相干，所谓"逆喻"，是用肯定来否定，说了还跟没有说一样。但是同卷又记着：

> 问："柏树子还有佛性也无？"
> 师云："有。"
> 云："几时成佛？"
> 师云："待虚空落地。"
> 云："虚空几时落地？"
> 师云："待柏树子成佛。"

既是"虚空"，何能"落地"？这句话否定了它自己，现在我们称为无意义的话。"待柏树子成佛"是兜圈子，也等于没有说，我们称为丐词。这些也都是用肯定来否定的。但是柏树子有佛性，前面那些答话就又不是了不相干了。这正是活用，我们称为多义的话。

同卷紧接着的一段：

> 问："如何是西来意？"

论雅俗共赏

师云："因什么向院里骂老僧！"

云："学人有何过？"

师云："老僧不能就院里骂得阇黎。"（阇黎＝师）

又记着：

问："如何是西来意？"

师云："板齿生毛。"

这里前两句答话也是了不相干，但是不是眼前有的景物，而是眼前没有的事；没有的事是没有，是否定。但是"骂老僧"、"骂阇黎"就是不认得僧，不认得师，因而这一问也就是不认得祖师。这也是两面儿话，或说是两可的话。末一句答话说板牙上长毛，也是没有的事，并且是不可能的事；"西来意"是不可能说的。同卷还有两句答话：

师云："如你不唤作祖师，意犹未在。"

这是说没有"祖师"，也没有"意"。

师云："什么处得者消息来！"

意思是跟上句一样。这都是直接否定了问句，比较简单好懂。顾先生说"庭前柏树子"一句"流传宇宙，震烁古今"，就因为那答语里是个常物，却出乎常情，却又不出乎禅家"无多子"的常理。这需要活泼无碍地运用想象，活泼无碍地运用语言。这就是所谓"机锋"。"机锋"也有路数，本文各例可见一斑。

(《世间解》月刊)

论老实话

　　美国前国务卿贝尔纳斯退职后写了一本书，题为《老实话》。这本书中国已经有了不止一个译名，或作《美苏外交秘录》，或作《美苏外交内幕》，或作《美苏外交纪实》，"秘录"、"内幕"和"纪实"都是"老实话"的意译。前不久笔者参加一个宴会，大家谈起贝尔纳斯的书，谈起这个书名。一个美国客人笑着说："贝尔纳斯最不会说老实话！"大家也都一笑。贝尔纳斯的这本书是否说的全是"老实话"，暂时不论，他自题为《老实话》，以及中国的种种译名都含着"老实话"的意思，却可见无论中外，大家都在要求着"老实话"。贝尔纳斯自题这样一个书名，想来是表示他在做国务卿办外交的时候有许多话不便"老实说"，现在是自由了，无官一身轻了，不妨"老实说"了——原名直译该是《老实说》，还不是《老实话》。但是他现在真能自由地"老实说"，真肯那么地"老实说"吗？——那位美国客人的话是有他的理由的。

无论中外，也无论古今，大家都要求"老实话"，可见"老实话"是不容易听到见到的。大家在知识上要求真实，他们要知道事实，寻求真理。但是抽象的真理，打破沙锅问到底，有的说可知，有的说不可知，至今纷无定论，具体的事实却似乎或多或少总是可知的。况且照常识上看来，总是先有事后才有理，而在日常生活里所要应付的也都是些事，理就包含在其中，在应付事的时候，理往往是不自觉的。因此强调就落到了事实上。常听人说"我们要明白事实的真相"，既说"事实"，又说"真相"，叠床架屋，正是强调的表现。说出事实的真相，就是"实话"。买东西叫卖的人说"实价"，问口供叫犯人"从实招来"，都是要求"实话"。人与人如此，国与国也如此。有些时事评论家常说美苏两强若是能够肯老实说出两国的要求是些什么东西，再来商量，世界的局面也许能够明朗化。可是又有些评论家认为两强的话，特别是苏联方面的，说的已经够老实了，够明朗化了。的确，自从去年维辛斯基在联合国大会上指名提出了"战争贩子"以后，美苏两强的话是越来越老实了，但是明朗化似乎还未见其然。

　　　　　　　　　　　　论雅俗共赏

人们为什么不能不肯说实话呢？归根结蒂，关键是在利害的冲突上。自己说出实话，让别人知道自己的虚实，容易制自己。就是不然，让别人知道底细，也容易比自己抢先一着。在这个分配不公平的世界上，生活好像战争，往往是有你无我；因此各人都得藏着点儿自己，让人莫名其妙。于是乎钩心斗角，捉迷藏，大家在不安中猜疑着。向来有句老话，"知人知面不知心"，还有，"逢人只说三分话，未可全抛一片心"，这种处世的格言正是教人别说实话，少说实话，也正是暗示那利害的冲突。我有人无，我多人少，我强人弱，说实话恐怕人来占我的便宜；强的要越强，多的要越多，有的要越有。我无人有，我少人多，我弱人强，说实话也恐怕人欺我不中用；弱的想变强，少的想变多，无的想变有。人与人如此，国与国又何尝不如此！

　　说到战争，还有句老实话，"兵不厌诈"！真的交兵"不厌诈"，钩心斗角，捉迷藏，耍花样，也正是个"不厌诈"！"不厌诈"，就是越诈越好，从不说实话少说实话大大地跨进了一步；于是乎模糊事实，夸张事实，歪曲事实，甚至于捏造事实！于是乎种种谎话，应有尽有，你想我是骗子，我想你是骗子。这种情形，中外古今大同小异，因为分配老是不公平，利害也老在冲突着。这样可也就更要求实话，老实话。老实话自然是有的，人们没有相当限度的互信，社会就不成其为社会了。但是实话总还太少，谎话总还太多，社会的和谐恐怕还远得很罢。不过谎话虽然多，全然出于捏造的却也少，因为不容易使人信。麻烦的是谎话里掺实话，实话里掺谎话——巧妙可也在这儿。日常的话多多少少是两掺的，人们的互信就建立在这种两掺的话上，人们的猜疑可也发生在这两掺的话上。即如贝尔纳斯自己标榜的"老实话"，他的同国的那位客人就怀疑他在用好名字骗人。我们这些常人谁能知道他的话老实或不老实到什么程度呢？

人们在情感上要求真诚，要求真心真意，要求开诚相见或诚恳的态度。他们要听"真话"、"真心话"，心坎儿上的、不是嘴边儿上的话。这也可以说是"老实话"。但是"心口如一"向来是难得的，"口是心非"恐怕大家有时都不免，读了奥尼尔的《奇异的插曲》就可恍然。"口蜜腹剑"却真成了小人。真话不一定关于事实，主要的是态度。可是，如前面引过的，"知人知面不知心"，不看什么人就掏出自己的心肝来，人家也许还嫌血腥气呢！所以交浅不能言深，大家一见面儿只谈天气，就是这个道理。所谓"推心置腹"，所谓"肺腑之谈"，总得是二三知己才成；若是泛泛之交，只能敷敷衍衍，客客气气，说一些不相干的门面话。这可也未必就是假的、虚伪的。他至少眼中有你。有些人一见面冷冰冰的，拉长了面孔，爱理人不理人的，可以算是"真"透了顶，可是那份儿过了火的"真"，有几个人受得住！本来彼此既不相知，或不深知，相干的话也无从说起，说了反容易出岔儿，乐得远远儿的，淡淡儿的，慢慢儿的，不过就是彼此深知，像夫妇之间，也未必处处可以说真话。"人心不同，各如其面"，一个人总有些不愿意教别人知道的秘密，若是不顾忌着些个，怎样亲爱的也会碰钉子的。真话之难，就在这里。

真话虽然不一定关于事实，但是谎话一定不会是真话。假话却不一定就是谎话，有些甜言蜜语或客气话，说得过火，我们就认为假话，其实说话的人也许倒并不缺少爱慕与尊敬。存心骗人，别有作用，所谓"口蜜腹剑"的，自然当做别论。真话又是认真的话，玩话不能当做真话。将玩话当真话，往往闹别扭，即使在熟人甚至亲人之间。所以幽默感是可贵的。真话未必是好听的话，所谓"苦口良言"、"药石之言"，"忠言"、"直言"，往往是逆耳的，一片好心往往倒得罪了人。可是人们又要求"直言"，专制时代"直言极谏"是选用人才的一个科目，甚至现在算命看相的，也还在标榜"铁嘴"，表示直说，说的是真话，老实话。但是这种"直言""直说"大概是不至于刺耳至少也不至于太刺耳的。又是"直言"，又不太刺耳，岂不两全其美吗！不过刺耳也许还可忍耐，刺心却最难宽恕；直说遭怨，直言遭忌，就为刺了别人的心——小之被人骂为"臭嘴"，大之可以杀身。所以不折不扣的"直言极谏"之臣，到底是寥寥可数的。直言刺耳，进而刺心，简直等于相骂，自然会教人生气，甚至于翻脸。反过来，生了气或翻了脸，骂起人来，冲口而出，自然也多直言、真话、老实话。

人与人是如此，国与国在这里却不一样。国与国虽然也讲友谊，和人与人的友谊却不相当，亲谊更简直是没有。这中间没有爱，说不上"真心"，也说不上"真话"、"真心话"。倒是不缺少客气话，所谓外交辞令，那只是礼尚往来，彼此表示尊敬而已。还有，就是条约的语言，以利害为主，有些是互惠，更多是偏惠，自然是弱小吃亏。这种条约倒是"实话"，所以有时得有秘密条款，有时更全然是密约。条约总说是双方同意的，即使只有一方是"欣然同意"。不经双方同意而对一方有所直言，或彼此相对直言，那就往往是谴责，也就等于相骂。像去年联合国大会以后的美苏两强，就是如此。话越说得老实，也就越尖锐化，当然，翻脸倒是还不至于的。这种老实话一方面也是宣传。照一般的意见，宣传决不会是老实话。然而美苏两强互相谴责，其中的确有许多老实话，也的确有许多人信这一方或那一方，两大阵营对垒的形势因此也越见分明，世界也越见动荡。这正可见出宣传的力量。宣传也有各等各样。毫无事实的空头宣传，不用说没人信；有事实可也掺点儿谎，就有信的人。因为有事实就有自信，有自信就能多多少少说出些真话，所以教人信。自然，事实越多越分明，信的人也就越多。但是有宣传，也就有反宣传，反宣传意在打消宣传。判断当然还得凭事实。不过正反错综，一般人眼花缭乱，不胜其麻烦，就索性一句话抹煞，说一切宣传都是谎！可是宣传果然都是谎，宣传也就不会存在了，所以还当分别而论。即如贝尔纳斯将他的书自题为《老实说》，或《老实话》，那位美国客人就怀疑他在自我宣传；但是那本书总不能够全是谎罢？一个人也绝不能够全靠撒谎而活下去，因为那么着他就掉在虚无里，就没了。

（《周论》）

鲁迅先生的杂感

最近写了一篇短文讨论"百读不厌"那个批评用语,照笔者分析的结果,所谓"百读不厌",注重趣味与快感,不适用于我们的现代文学。可是现代作品里也有引人"百读不厌"的,不过那不是作品的主要的价值。笔者根据自己的经验,举出鲁迅先生的《阿Q正传》做例子,认为引人"百读不厌"的是幽默,这幽默是严肃的,不是油腔滑调的,更不只是为幽默而幽默。鲁迅先生的《随感录》,先是出现在《新青年》上,后来收在《热风》里的,还有一些"杂感",在笔者也是"百读不厌"的。这里吸引我的,一方面固然也是幽默,一方面却还有别的,就是那传统的称为"理趣",现在我们可以说是"理智的结晶"的,而这也就是诗。

冯雪峰先生在《鲁迅论》里说到鲁迅先生"在文学上独特的特色":

论雅俗共赏

首先，鲁迅先生独创了将诗和政论凝结于一起的"杂感"这尖锐的政论性的文艺形式。这是匕首，这是投枪，然而又是独特形式的诗；这形式，是鲁迅先生所独创的，是诗人和战士的一致的产物。自然，这种形式，在中国旧文学里是有它类似的存在的，但我们知道旧文学中的这种形式，有的只是形式和笔法上有可取之点，精神上是完全不成的；有的则在精神上也有可取之点，却只是在那里自生自长的野草似的一点萌芽。鲁迅先生，以其战斗的需要，才独创了这在其本身是非常完整的，而且由鲁迅先生自己达到了那高峰的独特的形式。（见《过来的时代》）

所谓"中国旧文学里是有它类似的存在的"，大概指的古文里短小精悍之作，像韩柳杂说的罢？冯先生说鲁迅先生"也同意对于他的杂感散文在思想意义之外又是很高的而且独创的艺术作品的评价"，"并且以为（除何凝先生外）还没有说出这一点来"（《关于鲁迅在文学上的地位》的《附记》，见同书）。这种"杂感"在形式上的特点是"简短"，鲁迅先生就屡次用"短评"这名称，又曾经泛称为"简短的东西"。"简短"而"凝结"，还能够"尖锐"得像"匕首"和"投枪"一样；主要的是他在用了这"匕首"和"投枪"战斗着。"狭巷短兵相接处，杀人如草不闻声"，这是诗，鲁迅先生的"杂感"也是诗。

《热风》的《题记》的结尾：

> 但如果凡我所写，的确都是冷的呢？则它的生命原来就没有，更谈不到中国的病证究竟如何。然而，无情的冷嘲和有情的讽刺相去本不及一张纸，对于周围的感受和反应，又大概是所谓"如鱼饮水冷暖自知"的；我却觉得周围的空气太寒冽了，我自说我的话，所以反而称之曰《热风》。

鲁迅先生是不愿承受"冷静"那评价的，所以有这番说话。他确乎不是个"冷静"的人，他的憎正由于他的爱；他的"冷嘲"其实是"热讽"。这是"理智的结晶"，可是不结晶在冥想里，而结晶在经验里；经验是"有情的"，所以这结晶是有"理趣"的。开始读他的《随感录》的时候，一面觉得他所嘲讽的愚蠢可笑，一面却又往往觉得毛骨悚然——他所指出的"中国病证"，自己没有犯过吗，不在犯着吗？可还是"百读不厌"地常常去翻翻看看，吸引我的是那笑，也是那"笑中的泪"罢。

这种诗的结晶在《野草》里"达到了那高峰"。《野草》被称为散文诗，是很恰当的。《题辞》里说：

> 过去的生命已经死亡。我对于这死亡有大欢喜，因为我借此知道它曾经存活。死亡的生命已经朽腐。我对于这朽腐有大欢喜，因为我借此知道它还非空虚。

又说：

> 我自爱我的野草，但我憎恶这以野草作装饰的地面。地火在地下运行，奔突；熔岩一旦喷出，将烧尽一切野草，以及乔木，于是并且无可朽腐。

又说：

> 我以这一丛野草，在明与暗，生与死，过去与未来之际，献于友与仇，人与兽，爱者与不爱者之前作证。

最后是：

> 去罢，野草，连着我的题辞！

这写在1927年，正是大革命的时代。他彻底地否定了"过去的生命"，连自己的《野草》连着这《题辞》，也否定了，但是并不否定他自己。他"希望"地下的火火速喷出，烧尽过去的一切；他"希望"的是中国的新生！在《野草》里比在《狂人日记》里更多地用了象征，用了重叠，来"凝结"来强调他的声音，这是诗。

他一面否定，一面希望，一面在战斗着。《野草》里的一篇《希望》，是1925年1月1日写的，他说：

> 我只得由我来肉搏这空虚中的暗夜了，纵使寻不到身外的青春，也总得自己来一掷我身中的迟暮。但暗夜又在哪里呢？现在没有星，没有月光以至笑的渺茫和爱的翔舞；青年们很平安，而我的面前又竟至于并且没有真的暗夜。

然而就在这一年他感到青年们动起来了，感到"真的暗夜"露出来了，这一年他写了特别多的"杂感"，就是收在《华盖集》里的。这一年"十二月三十一日之夜"写的《题记》里给了这些"短评"一个和《随感录》略有分别的名字，就是"杂感"。他说这些"杂感""往往执滞在几件小事情上"，也就是从一般的"中国的病证"转到了个别的具体的事件上。虽然他还是将这种个别的事件"作为社会上的一种典型"（见前引冯雪峰先生那篇《附记》里引的鲁迅先生自己的话）来处理，可是这些"杂感"比起《热风》中那些《随感录》确乎是更其现实的了；他是从诗回向散文了。换上"杂感"这个新名字，似乎不是随随便便的、无所谓的。

散文的杂感增加了现实性，也增加了尖锐性。"一九三二年四月二十四日之夜"写的《三闲集》的《序言》里说到：

> 恐怕这"杂感"两个字，就使志趣高超的作者厌恶，避之惟恐不远了。有些人们，每当意在奚落我的时候，就往往称我为"杂感家"。

这正是尖锐性的证据。他这时在和"真的暗夜""肉薄"了，武器是越尖锐越好，他是不怕"'不满于现状'的'杂感家'"这一个"恶谥"的。一方面如冯雪峰先生说的，"他又常痛惜他的小说和他的文章中的曲笔常被一般读者误解"。所以"更倾向于直剖明示的尖利的批判武器的创造"（见《鲁迅先生计划而未完成的著作》，也在《过去的时代》中）了。这种"直剖明示"的散文作风伴着战斗发展下去，"杂感"就又变为"杂文"了。"一九三二年四月三十日之夜"写的《二心集》的《序言》里开始就说：

这里是一九三〇年与三一年两年间的杂文的结集。

末尾说：

自从一九三一年二月起，我写了较上年更多的文章，但因为揭载的刊物有些不同，文字必得和它们相称，就很少做《热风》那样简短的东西了；而且看看对于我的批评文字，得了一种经验，好像评论做得太简括，是极容易招得无意的误解，或有意的曲解似的。

又说：

这回就连较长的东西也收在这里面。

126

"简单"改为不拘长短,配合着时代的要求,"杂文"于是乎成了大家都能用,尖利而又方便的武器了。这个创造是值得纪念的;虽然我们损失了一些诗,可是这是个更需要散文的时代。

(《燕京新闻》副叶)

闻一多先生怎样走着中国文学的道路
——《闻一多全集》序

　　闻一多先生为民主运动贡献了他的生命，他是一个斗士。但是他又是一个诗人和学者。这三重人格集合在他身上，因时期的不同而或隐或现。大概从民国十四年参加《北平晨报》的诗刊到十八年任教青岛大学，可以说是他的诗人时期，这以后直到三十三年参加昆明西南联合大学的五四历史晚会，可以说是他的学者时期，再以后这两年多，是他的斗士时期。学者的时期最长，斗士的时期最短，然而他始终不失为一个诗人；而在诗人和学者的时期，他也始终不失为一个斗士。本集里承臧克家先生抄来三十二年他的一封信，最可以见出他这种三位一体的态度。他说：

　　　　我只觉得自己是座没有爆发的火山，火烧得我痛，却始终没有能力（就是技巧）炸开那禁锢我的地壳，放射出光和热来。只有少数跟我很久的朋友（如梦家）才知道我有火，并且就在《死水》里感觉出我的火来。

这是斗士藏在诗人里。他又说：

> 你们做诗人的人老是这样窄狭，一口咬定世上除了诗什么也不存在。有比历史更伟大的诗篇吗？我不能想象一个人不能在历史（现代也在内，因为它是历史的延长）里看出诗来，而还能懂诗。……你不知道我在故纸堆中所做的工作是什么，它的目的何在……因为经过十余年故纸堆中的生活，我有了把握，看清了我们这民族、这文化的病证，我敢于开方了。方单的形式是什么——一部文学史（诗的史），或一首诗（史的诗），我不知道，也许什么也不是。……你诬枉了我，当我是一个蠹鱼，不晓得我是杀蠹的芸香。虽然二者都藏在书里，它们的作用并不一样。

学者中藏着诗人，也藏着斗士。他又说"今天的我是以文学史家自居的"。后来的他却开了"民主"的"方单"，进一步以直接行动的领导者的斗士姿态出现了。但是就在被难的前几个月，他还在和我说要写一部唯物史观的中国文学史。

闻先生真是一团火。就在《死水》那首诗里，他说：

这是一沟绝望的死水，

这里断不是美的所在，

不如让给丑恶来开垦，

看他造出个什么世界。

这不是"恶之花"的赞颂，而是索性让"丑恶"早些"恶贯满盈"，"绝望"里才有希望。在《死水》这诗集的另一首诗《口供》里又说：

可是还有一个我，你怕不怕？——

苍蝇似的思想，垃圾桶里爬。

"绝望"不就是"静止"，在"丑恶"的"垃圾桶里爬"着，他并没有放弃希望。他不能静止，在《心跳》那首诗里唱着：

静夜！我不能，不能受你的贿赂。

谁希罕你这墙内方尺的和平!

我的世界还有更辽阔的边境。

这四墙既隔不断战争的喧嚣,

你有什么方法禁止我的心跳?

所以他写下战争惨剧的《荒村》诗,又不怕人家说他窄狭,写下了许多爱国诗。他将中国看做"一道金光","一股火"(《一个观念》)。那时跟他的青年们很多,他领着他们作诗,也领着他们从"绝望"里向一个理想挣扎着,那理想就是"咱们的中国!"(《一句话》)

可是他觉得作诗究竟"窄狭",于是乎转向历史,中国文学史。他在给臧克家先生的那封信里说,"我始终没有忘记除了我们的今天外,还有那二千年前的昨天,这角落外还有整个世界"。同在三十二年写作的那篇《文学的历史动向》里说起"对近世文明影响最大最深的四个古老民族——中国、印度、以色列、希腊——都在差不多同时猛抬头,迈开了大步"。他说:

约当纪元前一千年左右,在这四个国度里,人们都歌唱起来,并将他们的歌纪录在文字里,给流传到后代……

四个文化，在悠久的年代里，起先是沿着各自的路线，分途发展，不相闻问。然后，慢慢地随着文化势力的扩张，一个个的胳臂碰上了胳臂，于是吃惊，点头，招手，交谈，日子久了，也就交换了观念思想与习惯。最后，四个文化慢慢地都起着变化，互相吸收，融合，以至总有那么一天，四个的个别性渐渐消失，于是文化只有一个世界的文化。这是人类历史发展的必然路线，谁都不能改变，也不必改变。

这就是"这角落外还有整个世界"一句话的注脚。但是他只能从中国文学史下手。而就是"这角落"的文学史，也有那么长的年代，那么多的人和书，他不得不一步步地走向前去，不得不先钻到"故纸堆内讨生活"，如给臧先生信里说的。于是他好像也有了"考据癖"。青年们渐渐离开了他。他们想不到他是在历史里吟味诗，更想不到他要从历史里创造"诗的史"或"史的诗"。他告诉臧先生："我比任何人还恨那故纸堆，正因为恨它，更不能不弄个明白。"他创造的是崭新的现代的"诗的史"或"史的诗"。这一篇巨著虽然没有让他完成，可是十多年来也片断地写出了一些。正统的学者觉得这些不免"非常异义，可怪之论"，就戏称他和一两个跟他同调的人为"闻一多派"。这却正见出他是在开辟着一条新的道路；而那披荆斩棘，也正是一个斗士的工作。这时期最长，写作最多。到后来他以民主斗士的姿态出现，青年们又发现了他，这一回跟他的可太多了！虽然行动时时在要求着他，他写的可并不算少，并且还留下了一些演讲录。这一时期的作品跟演讲录都充满了热烈的爱憎和精悍之气，就是学术性的论文如《龙凤》和《屈原问题》等也如此。这两篇，还有杂文《关于儒·道·土匪》，大概都可以算得那篇巨著的重要的片断罢。这时期他将诗和历史跟生活打成一片；有人说他不懂政治，他倒的确不会让政治的圈儿箍住的。

他在"故纸堆内讨生活"，第一步还得走正统的道路，就是语史学的和历史学的道路，也就是还得从训诂和史料的考据下手。在青岛大学任教的时候，他已经开始研究唐诗；他本是个诗人，从诗到诗是很近便的路。那时工作的重心在历史的考据。后来又从唐诗扩展到《诗经》、《楚辞》，也还是从诗到诗。然而他得弄语史学了。他读卜辞，读铜器铭文，从这些里找训诂的源头。从本集二十二年给饶孟侃先生的信可以看出那时他是如何在谨慎地走着正统的道路。可是他"很想到河南游游，尤其想看洛阳——杜甫三十岁前后所住的地方"。他说"不亲眼看看那些地方我不知杜甫传如何写"。这就不是一个寻常的考据家了！抗战以后他又从《诗经》、《楚辞》跨到了《周易》和《庄子》；他要探求原始社会的生活，他研究神话，如高唐神女传说和伏羲故事等等，也为了探求"这民族，这文化"的源头，而这原始的文化是集体的力，也是集体的诗；他也许要借这原始的集体的力给后代的散漫和萎靡来个对症下药罢。他给臧先生写着：

> 我的历史课题甚至伸到历史以前，所以我研究神话，我的文化课题超出了文化圈外，所以我又在研究以原始社会为对象的文化人类学。

他不但研究着文化人类学，还研究弗罗伊德的心理分析学来照明原始社会生活这个对象。从集体到人民，从男女到饮食，只要再跨上一步；所以他终于要研究起唯物史观来了，要在这基础上建筑起中国文学史。从他后来关于文学的几个演讲，可以看出他已经是在跨着这一步。

然而他为民主运动献出了生命，再也来不及打下这个中国文学史的基础了。他在前一个时期里却指出过"文学的历史动向"。他说从西周到北宋都是诗的时期，"我们这大半部文学史，实质上都是诗史"。可是到了北宋，"可能的调子都已唱完了"，上前"接力"的是小说与戏剧。"中国文学史的路线从南宋起便转向了，从此以后是小说戏剧的时代"。他说"是那充满故事兴味的佛典之翻译与宣讲，唤醒了本土的故事兴趣的萌芽，使它与那较进步的外来形式相结合，而产生了我们的小说与戏剧"。而第一度外来影响刚刚扎根，现在又来了第二度的。第一度佛教带来的印度影响是小说戏剧，第二度基督教带来的欧洲影响又是小说戏剧……于是乎他说：

> 四个文化同时出发，三个文化都转了手，有的转给近亲，有的转给外人，主人自己却没落了，那许是因为他们都只勇于"予"而怯于"受"。中国是勇于"予"而不太怯于"受"的，所以还是自己文化的主人，然而……仅仅不怯于"受"是不够的，要真正勇于"受"。让我们的文学更彻底地向小说戏剧发展，等于说要我们死心塌地走人家的路。这是一个"受"的勇气的测验。

这里强调外来影响。他后来建议将大学的中国文学系跟外国语文学系改为文学系跟语言学系，打破"中西对立，文语不分"的局面，也是"要真正勇于受"，都说明了"这角落外还有整个世界"那句话。可惜这个建议只留下一堆语句，没有写成。但是那印度的影响是靠了"宗教的势力"才普及于民间，因而才从民间"产生了我们的小说与戏剧"。人民的这种集体创作的力量是文学的史的发展的基础，在诗歌等等如此，在小说戏剧更其如此。中国文学史里，小说和戏剧一直不曾登大雅之堂，士大夫始终只当它们是消遣的玩艺儿，不是一本正经。小说戏剧一直不曾脱去了俗气，也就是平民气。等到民国初年我们的现代化的运动开始，知识阶级渐渐形成，他们的新文学运动和新文化运动接受了欧洲的影响，也接受了"欧洲文学的主干"的小说和戏剧；小说戏剧这才堂堂正正地成为中国文学。《文学的历史动向》里还没有顾到这种情形，但在《中国文学史稿》里，闻先生却就将"民间影响"跟"外来影响"并列为"二大原则"，认为"一事的二面"或"二阶段"，还说，"前几次外来影响皆不自觉，因经由民间；最近一次乃士大夫所主持，故为自觉的"。

他的那本《中国文学史稿》，其实只是三十三年在昆明中法大学教授"中国文学史"的大纲，还待整理，没有收在全集里。但是其中有《四千年文学大势鸟瞰》，分为四段八大期，值得我们看看：

第一段　本土文化中心的抟成　一千年左右

第一大期　黎明　夏商至周成王中叶（前
二〇五〇—前一一〇〇）　约九百五十年

第二段　从三百篇到十九首　一千二百九十一年

第二大期　五百年的歌唱　周成王中叶至东
周定王八年（陈灵公卒，《国风》约终
于此时，前一〇九九——前五九九）
约五百年

第三大期　思想的奇葩　周定王九年至汉武
帝后元二年（前五九八—前八七）
五百一十年

第四大期　一个过渡期间　汉昭帝始元元
年至东汉献帝兴平二年（前八六—
一九五）　二百八十一年

第三段　从曹植到曹雪芹　一千七百一十九年

第五大期　诗的黄金时代　东汉献帝建安
元年至唐玄宗天宝十四载（一九六—
七五五）　五百五十九年

第六大期　不同型的余势发展　唐肃宗至德
元年至南宋恭帝德祐二年（七五六—
一二七六）　五百二十年

第七大期　故事兴趣的醒觉　元世祖至

元十四年至民国六年（一二七七——

一九一七）　六百四十年

第四段　未来的展望——大循环

第八大期　伟大的期待　民国七年至……

（一九一八——　）

第一段"本土文化中心的抟成"，最显著的标识是仰韶文
化（新石器时代）的陶器花纹变为殷周的铜器花纹，以及农
业的兴起等。第三大期"思想的奇葩"，指的散文时代。第
六大期"不同型的余势发展"，指的诗中的"更多样性与更
参差的情调与观念"，以及"散文复兴与诗的散文化"等。
第四段的"大循环"，指的回到大众。第一、第二大期是本
土文化的东西交流时代，以后是南北交流时代。这中间发展
的"二大原则"，是上文提到的"外来影响"和"民间影
响"；而最终的发展是"世界性的趋势"。——这就是闻先
生计划着创造着的中国文学史的轮廓。假如有机会让他将这
个大纲重写一次，他大概还要修正一些，补充一些。但是他
将那种机会和生命一起献出了，我们只有从这个简单的轮廓
和那些片断，完整的，不完整的，还有他的人，去看出他那

138

部"诗的史"或那首"史的诗"。

他是个现代诗人，所以认为"在这新时代的文学动向中，最值得揣摩的，是新诗的前途"。他说新诗得"真能放弃传统意识，完全洗心革面，重新做起"。

那差不多等于说，要把诗作得不像诗了。也对。说得更准确点，不像诗，而像小说戏剧，至少让它多像点小说戏剧，少像点诗。太多"诗"的诗，和所谓"纯诗"者，将来恐怕只能以一种类似解嘲与抱歉的姿态，为极少数人存在着。在一个小说戏剧的时代，诗得尽量采取小说戏剧的态度，利用小说戏剧的技巧，才能获得广大的读众。……新诗所用的语言更是向小说戏剧跨近了一大步，这是新诗之所以为"新"的第一个也是最主要的理由。其他在态度上，在技巧上的种种进一步的试验，也正在进行着。请放心，历史上常常有人把诗写得不像诗，如阮籍、陈子昂、孟郊，如华兹华斯、惠特曼，而转瞬间便是最真实的诗了。诗这东西的长处就在它有无限度的弹性……只有固执与狭隘才是诗的致命伤……

那时他接受了英国文化界的委托，正在抄选中国的新诗，并且翻译着。他告诉臧克家先生：

> 不用讲今天的我是以文学史家自居的，我并不是代表某一派的诗人。惟其曾经一度写过诗，所以现在有揽取这项工作的热心，唯其现在不再写诗了，所以有应付这工作的冷静的头脑而不至于对某种诗有所偏爱或偏恶。我是在新诗之中，又在新诗之外，我想我是颇合乎选家的资格的。

是的，一个早年就写得出《女神的时代精神》和《女神的地方色彩》那样确切而公道的批评的人，无疑地"是颇合乎选家的资格的"。可惜这部诗选又是一部未完书，我们只能够尝鼎一脔！他最后还写出了那篇《时代的鼓手》，赞颂田间先生的诗。这一篇短小的批评激起了不小的波动，也发生了不小的影响。他又在三十四年西南联合大学五四周的朗诵晚会上朗诵了艾青先生的《大堰河》，他的演戏的才能和低沉的声调让每一个词语渗透了大家。

闻先生对于诗的贡献真太多了！创作《死水》，研究唐诗以至《诗经》、《楚辞》，一直追求到神话，又批评新诗，抄选新诗，在被难的前三个月，更动手将《九歌》编成现代的歌舞短剧，象征着我们的青年的热烈的恋爱与工作。这样将古代跟现代打成一片，才能成为一部"诗的史"或一首"史的诗"。其实他自己的一生也就是具体而微的一篇"诗的史"或"史的诗"，可惜的是一篇未完成的"诗的史"或"史的诗"！这是我们不能甘心的！

（《文学》杂志）

国家新闻出版广电总局
首届向全国推荐中华优秀传统文化普及图书

| 大家小书书目

出版说明

"大家小书"多是一代大家的经典著作，在还属于手抄的著述年代里，每个字都是经过作者精琢细磨之后所拣选的。为尊重作者写作习惯和遣词风格、尊重语言文字自身发展流变的规律，为读者提供一个可靠的版本，"大家小书"对于已经经典化的作品不进行现代汉语的规范化处理。

提请读者特别注意。

北京出版社